DIE UNGLAUBLICHE TRAGÖDIE VON RICHARD III.

BITTE BEACHTEN SIE FOLGENDEN HINWEIS:

— Dieses Buch darf zu Bühnenzwecken, Vorlesungen und sonstigen Aufführungen nur benutzt werden, wenn vorher das Aufführungsrecht einschließlich des Materials rechtmäßig von uns erworben wurde.

SCHULTZ & SCHIRM Bühnenverlag GmbH
Spengergasse 37
1050 Wien – Österreich
office@schultzundschirm.com
www.schultzundschirm.com

Fassung: 11. Oktober 2015
ISBN 978-3-9503907-1-1

Erschienen bei
SCHULTZ & SCHIRM Bühnenverlag GmbH Wien • 2015

Druck: Manfred Kleisel Druck
Gedruckt auf Munken Lynx und Munken Print White
Cover und Gestaltung: Gottfried Moritz
Layout: www.moschdesign.com

DIE UNGLAUBLICHE TRAGÖDIE VON RICHARD III.

Frei nach
WILLIAM SHAKESPEARE
Eine Komödie von
MICHAEL NIAVARANI

Hochverehrte Leserin, allerliebster Leser!

– Da muss Ihnen wohl ein Irrtum passiert sein – Sie halten nämlich ein abgedrucktes Theaterstück in der Hand. Man hat uns ja von einigen Seiten abgeraten, kleine Büchlein herauszugeben, in denen schwarz auf weiß und knochentrocken das steht, was saftig und bunt auf einer Bühne zu passieren hat. Solche Heftchen, sagten uns manche, verkaufen sich gar nicht. Wer, um alles in der Welt, *liest* ein Theaterstück? Kein einziges Theaterstück ist jemals ein Bestseller geworden (wenn man von Gesamtausgaben lang verstorbener Autorinnen und Autoren in großbürgerlichen Wohnzimmern absieht).

– Aber lassen Sie mich Ihnen kurz eine kleine Geschichte erzählen. Vor ungefähr 28 Jahren saß ein junger Mann in London am Fitzroy Square auf einer Parkbank und schlug voll Ungeduld sein soeben im Samuel French Bookshop erworbenes Exemplar von „A Funny Thing Happened on The Way to The Forum“ auf und las, aufgeregt und angespannt, als ob er tatsächlich in der Vorstellung säße, die ersten Zeilen:

(Prologus enters through traveler, salutes audience, adresses them.) Prologus: Playgoers, I bid you welcome. The Theatre is a temple, and we are here to worship the gods of comedy and tragedy. Tonight we are pleased to announce a comedy. We shall employ every device we know in our desire to divert you.

– Und der junge Mann wurde von Fröhlichkeit und Wohlbehagen durchdrungen, denn er hatte zum ersten Mal das Textbuch einer Broadwayshow in der Hand. Es war ein magischer Moment, so wie damals, als dieser junge Mann 15 Jahre alt gewesen war und das erste Theaterstück von Johann Nestroy gelesen hatte. Dieser junge Mann war ich. Und damals schon keimte in mir der Wunsch, so wie in England und den USA Textbücher von aktuellen Stücken herauszugeben. Es musste fast 30 Jahre dauern, bis Helen Zellweger, Georg Hoanzl und ich unseren Verlag Schultz & Schirm gründeten, einen Theaterverlag, der mit den Aufführungsrechten von Stücken handelt und der jetzt auch eine eigene Reihe herausbringt: aktuelle Theaterstücke, vornehmlich Komödien. Damit die paar Wahnsinnigen, die das Theater so sehr lieben, dass sie es auch in knochentrockener Form lesen wollen, auf ihre Kosten kommen.

Sie machen mir die größte Freude, wenn Sie unsere Stücke lesen.
Ich hoffe, Sie haben so viel Spaß dabei wie ich.
Herzlichst, Ihr **Michael Niavarani**

— Die NIAVARANI & HOANZL GmbH – 2013 gegründet – ist eine Produktionsfirma mit dem Ziel, Theaterstücke auf die Bühne zu bringen, die „den Menschen zur Freude gereichen", wie es auch in unserem Gesellschaftsvertrag steht.

— Für die Produktion von Richard III. wurde sogar ein eigenes Theater errichtet: das GLOBE WIEN. In die denkmalgeschützte ehemalige Rinderhalle in St. Marx hineingebaut, ist dieses temporäre Theater in seiner Art in Österreich einzigartig. In Ausstattung und Form an Shakespeares historischem Globe Theatre (1599 in London eröffnet, 1613 durch ein Feuer zerstört) angelehnt, bietet das GLOBE WIEN einen zeitgemäß ausgestatteten Raum im Stil des berühmten Elisabethanischen Vergnügungszentrums. Dem historischen Londoner Vorbild entsprechend bietet das GLOBE WIEN den Zuseherinnen und Zusehern eine besondere Nähe zum Bühnengeschehen.

— Zwischen der NIAVARNI & HOANZL GmbH und dem Bühnenverlag SCHULTZ & SCHIRM besteht eine kreative und sich gegenseitig bereichernde Zusammenarbeit.

Besetzung und Leading Team bei der Uraufführung von „Die unglaubliche Tragödie von Richard III." im GLOBE WIEN am 2. Dezember 2014

BUCH	**Michael Niavarani**
ÜBERSETZUNG SHAKESPEARE-ZITATE	**August Wilhelm Schlegel & Michael Niavarani**
DRAMATURGIE	**Helen Zellweger**
INSZENIERUNG	**Vicki Schubert**
BÜHNENBILD UND REQUISITE	**Ana Martin del Hierro**
KOSTÜME	**Theresa Ebner-Lazek**
LICHTDESIGN	**Sabine Wiesenbauer**
TONDESIGN	**Andreas Ratz**
MASKE	**Aurora Hummer & Karo Hatzl**
MUSIK	**Ensemble UNICORN**
KAMPFSZENEN	**ape connection**
BÜHNENBAU	**ART for ART Theaterservice GmbH**
PRODUZENTEN	**Georg Hoanzl & Michael Niavarani**
PRODUKTION	**NIAVARANI & HOANZL GmbH**

•••

BERNHARD MURG	**Frederick Dighton, ein Koch**
MICHAEL NIAVARANI	**William Forrest, ein Schuster**
MICHAEL PINK	**Richard, Earl of Gloucester, später König Richard III.**
HEMMA CLEMENTI	**Königin Margaret; Bürger; Soldat Richmonds**
EVA MARIA FRANK	**Herzogin von York; Lady Anne; Rosamunde**
SUSANNE PREISSL	**Edmund, Graf von Rutland; der junge Prinz; Bote; Küchenjunge; Bürger; Soldat Richmonds**
PIA STRAUSS	**Königin Elisabeth; Lord Clifford; Rosalinde**
STEFAN ALTENHOFER	**Edward, Graf von March, später König Edward IV.; Sir Robert Brakenbury; Bürger; Soldat Richards; Soldat Richmonds**
JAKOB ELSENWENGER	**Prinz Edward; Edward, Prince of Wales; Bürger; Soldat Richmonds**
GEORG LESKOVICH	**George, Herzog von Clarence; Wirt; Lord Buckhurst; Bürger**
OLIVER ROSSKOPF	**König Heinrich VI.; Lord Mayor of London; Diener der Lady Anne; Soldat Richmonds**
MANUEL WITTING	**Richard Plantagenet, Herzog von York; Königswache; Lord Buckingham; Graf von Richmond**

•••

MUSIK	**Michael Posch, Thomas Wimmer, Hubert Hoffmann, Wolfgang Reithofer**
SOLDATEN & WACHEN	**Moritz König, Michael Mölschl, Raphael Rossi, Alexander Schauer, Christoph Wisser und Nico Wlcek**

Die unglaubliche Tragödie von Richard III.

DIE YORKS

RICHARD PLANTAGENET *HERZOG VON YORK*
DIE HERZOGIN VON YORK *seine Frau*

DEREN SÖHNE

EDWARD *Graf von March, später KÖNIG EDWARD IV.*
GEORGE *Herzog von CLARENCE*
RICHARD *Herzog von Gloucester, später König RICHARD III.*
EDMUND *Graf von RUTLAND*

PRINZ EDWARD *Sohn Edwards IV.*
DER JUNGE PRINZ *sein kleiner Bruder*
KÖNIGIN ELIZABETH *deren Mutter, Frau Edwards IV.*

DIE LANCASTERS

KÖNIG HEINRICH VI.
KÖNIGIN MARGARET *seine Frau*
EDWARD *PRINCE OF WALES, deren Sohn*
LADY ANNE *seine Frau*
LORD CLIFFORD *der Handlanger Margarets*

SOLDATEN DER LANCASTERS
SOLDATEN DER YORKS

FREDERICK DIGHTON *ein Koch*
WILLIAM FORREST *ein Schuster*

KÖNIGSWACHE
BOTE

WIRT
ROSAMUNDE *seine Tochter*
ROSALINDE *seine Tochter*
JONATHAN WEYMOUTH *ein ehemaliger Nachbar*
KÜCHENJUNGE

LORD BUCKINGHAM *Anhänger Richards*
SIR ROBERT BRAKENBURY *Kommandant des Towers*

LORD BUCKHURST *Hüter des Königlichen Stuhls*

BÜRGER
LORD MAYOR OF LONDON
DIENER DER LADY ANNE
LORD BISHOP
GRAF VON RICHMOND *aus der Familie der TUDORS*
SOLDATEN RICHARDS
SOLDATEN RICHMONDS

ERSTER AKT

[1. SZENE]

Parlament. Trommeln. Musik.
König HEINRICH VI., Königin MARGARET, der PRINCE OF WALES, LADY ANNE und CLIFFORD treten auf. Von der anderen Seite treten der HERZOG VON YORK, EDWARD, CLARENCE und RUTLAND auf.
Der HERZOG VON YORK setzt sich provokant auf den Thron.
Die Anwesenden erstarren.

–

HEINRICH VI.
Rebellenherzog York, herab von meinem Thron
Und knie vor meinen Füßen um Gunst und Gnade,
Ich bin dein Souverän.

–

CLIFFORD hält die Fahne der Lancasters hoch.

–

HERZOG VON YORK
Heinrich, du irrst! Ich bin der Deine!

–

CLARENCE hält die Fahne der Yorks hoch.

–

HEINRICH VI.
Was für ein Thronrecht hast denn du, mein Vetter?
Dein Vater war, was du bist, Herzog York! Ich bin ein Lancaster.
Heinrich VI., Sohn Heinrich V.,
Enkel Heinrichs IV.
MARGARET
Er ist ein Verräter; schafft ihn in den Tower
Und schlagt ihm den Rebellenkopf vom Hals.

–

RICHARD tritt auf. Er pflückt eine weiße Rose.

–

RICHARD
Wer wagt einen Flügelschlag, wenn Falke York hochsteigt!?
Ich pflanz das Thronrecht ein, wer's wagt, der jät' es aus.
Bleib entschlossen, Vater, fordre Englands Krone.

–

CLARENCE, EDWARD und RUTLAND jubeln ihrem Vater zu.

–

CLARENCE
Vater! Glorreicher Herzog von York!

RUTLAND
Vater! Hol Englands Krone dir!
EDWARD
Bis ich dich nicht auf diesem Thron für immer sitzen sehe,
Solang, ich schwör's, tu ich kein Auge zu, mein Vater!
RICHARD
Ah! Sancta Majestatis! Wer gäb nicht viel für dich? Vivat York!
CLARENCE, EDWARD, RUTLAND, RICHARD
Vivat York! Vivat York! Vivat York!
HERZOG VON YORK
Lasst Glocken läuten und Freudenfeuer lodern,
Um Englands wahren König zu empfangen!
HEINRICH VI.
Herzog von York, warum willst du mich entthronen?
Sind denn nicht Lancaster und York nach Geburt Plantagenets
Von zwei Brüdern geradlinig entstammt?
HERZOG VON YORK
Ich will erklären meinen Anspruch, der
Unstreitbar ist auf Englands Krone.
Edward III. hatte sieben Söhne:
Der erste Edward Prinz von Wales, der Schwarze Prinz;
Der zweite William Hatfield; und der dritte
Lionel Herzog Clarence; auf ihn folgte
Dann John of Gaunt, der Herzog Lancaster;
Der fünfte Edmund Langley, Herzog York;
Der sechste Thomas Woodstock, Herzog Gloucester;
William von Windsor war der sieb't und letzte.
Edward, der Schwarze Prinz, starb vor seinem Vater
Und hinterließ als einz'gen Sohn den Richard,
Der nach dem Tod Edwards III. herrschte;
Bis Heinrich Bolingbrook, Herzog von Lancaster,
Der älteste Sohn und Erbe John of Gaunts,
Gekrönt zum vierten König Heinrich später,
Das Reich sich nahm, den rechtmäßigen König
Abgesetzt, und seine arme Königin
Nach Frankreich fortgesandt, woher sie kam, und
Ihn selbst nach Pomfret; wo der sanfte Richard,
Man weiß es, hochverräterisch ermordet wurde.
So kam das Haus von Lancaster zur Krone.
HEINRICH VI.
Herzog...

LADY ANNE
Sein Reden macht den Kopf mir schwer.
HERZOG VON YORK
Ich war noch nicht fertig!
HERZOG VON YORK
Der dritte, Herzog Clarence von des' Stamm
Entsprossen ich die Krone heische...
MARGARET
Genug!
MARGARET
Glaubt Ihr, mein Gatte räumt den Königsthron,
Worauf sein Großvater und Vater saßen?
Nein! Zuerst soll Krieg
Hier dieses Reich entvölkern!

–

Trommeln. Auf der Seite der Lancasters treten drei Soldaten auf.

–

RICHARD
Drum zu den Waffen! Und bedenkt nur, Vater,
Welch schönes Ding es ist, die Krone zu tragen,
In deren Umkreis das Elysium herrscht!
Was zögern wir denn so?
HERZOG VON YORK
Meine Söhne!
Tragen wir's aus und Schluss ist mit den Wortgefechten!

–

Auf der Seite der Yorks treten drei Soldaten auf.

–

RICHARD
Ich kann nicht ruh'n,
Bis ich die weiße Rose, die ich trage,
Mit Blut von Heinrichs Herzen hellrot färbe!
MARGARET
Still! Giftgnom, Krüppelklump, elendigliche Frühgeburt,
So buckelkrumm von Sitten wie Gestalt!

–

RUTLAND entreißt einem anderen York-Soldaten das Schwert und stürzt auf MARGARET zu. Er wird von EDWARD zurückgehalten.

–

EDWARD
Schon gut, wir heizen gleich euch tüchtig ein!
CLIFFORD
Dass ihr euch nur nicht brennt am eig'nen Feuer!

RICHARD

Bewaffnet, wie wir sind, verbleiben wir gleich hier im Hohen Haus,
das blut'ge Parlament soll es ab heute heißen.

–

MARGARET zieht einen Dolch aus ihrem Stiefelschaft.

–

MARGARET

So machen wir gleich hier
Im Parlament die Sippschaft York doch nieder!

–

Es kommt fast zum Kampf. HEINRICH VI. taumelt von seinem Thron.

–

HEINRICH VI.

Halt! Fern sei von meinem Herzen der Gedanke,
ein Schlachthaus aus dem Parlament zu machen.
Herzog von York, hört nun mein Wort:
Lasst mich, solang ich leb', als König herrschen.

HERZOG VON YORK

Bestätig' mir die Krone und meinen Erben
Und du sollst friedlich herrschen lebenslang.

HEINRICH VI.

Schickt die Soldaten fort und ich werd's tun!

HERZOG VON YORK

Edward, mein Erstgeborener!

EDWARD

Vater?

HERZOG VON YORK

Führ die Soldaten davon – nach Tewkesbury!

EDWARD

Tewkesbury!

–

EDWARD und die York-Soldaten ab.

–

HEINRICH VI.

Ich bin bereit: Herzog von York,
Hiermit vermache ich nach meinem Tod den Thron
Auf immer dir und deinen Erben.

CLARENCE

Vivat York!

RUTLAND

Vivat York!

HEINRICH VI.
Mit der Bedingung, dass du gleich hier schwörst,
Den Bürgerkrieg zu enden lebenslang.

–

HEINRICH VI. zieht eine Bibel aus dem Wams und hält sie dem HERZOG VON YORK hin, dieser legt seine Hand darauf.

–

HERZOG VON YORK
Ich schwöre!

–

HEINRICH VI. winkt seinen Soldaten, sie gehen ab. Der HERZOG VON YORK zieht sich in den Kreis seiner Familie zurück.

–

PRINCE OF WALES
Wie unrecht das an mir, dem Prinzen, Ihrem Sohn.
HEINRICH VI.
Wie gut für England.
LADY ANNE
Mein Gatte niemals König?
Edward, Prinz von Wales,
Dein Stamm verdorrt, so will's dein Vater.
MARGARET
Mit Scham hör ich dich an! Elender Feigling!
Du hast dich selbst verraten und deinen Sohn und mich.
Und solche Macht dem Hause York gegeben,
Dass du nur so regieren kannst, wie man dich lässt.
PRINCE OF WALES
Vater, Euch steht nicht frei, mich zu enterben,
Wenn Ihr der König seid, warum soll ich nicht folgen?
HEINRICH VI.
Um England und um des Friedens willen.
Vergib mir, Margaret, vergib mir, Sohn!
MARGARET
Halt deinen Mund, Gemahl,
Und mach dich fort!
Anführen werde ich das Heer.

–

HEINRICH VI. ab.

–

RICHARD
Ein Weib als Feldherr? Was gibt's da zu fürchten?

MARGARET
Zum völligen Ruin des Hauses York!

CLIFFORD
Ich folge Euch, meine Königin! Und darum
An die Waffen, zu schlagen die Rebellen!

RUTLAND
Nun, Clifford! Kein Pardon.

CLIFFORD
Treff' ich dies Bübchen aus dem Hause York,
Will ich's in tausend Fetzen Fleisch zerhau'n!

RICHARD
So dreist sprecht nicht nochmal.
Ihr kriegt bei Jesus heut das Abendmahl.

MARGARET
Kainskrüppel, so hoch darfst du dich nicht vermessen.

RICHARD
Gut, wenn nicht bei Gott, so geht beim Teufel essen.

–

Alle gehen getrennt ab.

[2. SZENE]

Ebene bei Tewkesbury. Kämpfende Soldaten. Mitten unter den Soldaten tritt DIGHTON auf. Er trägt eine Bratpfanne mit einigen Hühnchen und einer Papierkrone darauf. Er ist der Koch der Truppe der Lancasters. Die Soldaten beachten ihn nicht. Die Schlacht geht weiter.

–

DIGHTON
Kinder! Essen ist fertig! Es gibt Hendl in Weißweinsoße mit Knoblauchrüben.

–

Die Soldaten reagieren nicht.

–

DIGHTON
Burschen, ihr müsst was essen. Dieses andauernde Kämpfen, das zehrt doch an den Kräften.

–

Ein Lancaster-Soldat fällt rücklings fast auf DIGHTONS Bratpfanne. Dieser weicht ihm aus.

DIGHTON
Vorsicht! Heiß!
LANCASTER-SOLDAT
Danke!

–

Der abgelenkte Lancaster-Soldat wird erstochen.

–

DIGHTON
Na geh! Schon wieder einer von unseren Soldaten erstochen.
Das geht so nicht! Da bleibt mir doch ein Hühnchen übrig.
Ah, da ist ja einer von uns!

–

Ein York-Soldat, von DIGHTON auf den Lancaster-Soldaten aufmerksam gemacht, stößt DIGHTON um. Ein Kampf beginnt über DIGHTONS Kopf hinweg.

–

DIGHTON
Wie soll ich eine ganze Truppe verköstigen, wenn ich nicht weiß,
wie viele zum Mittagessen noch am Leben sind?

–

Der Lancaster-Soldat wird von hinten erstochen.

–

DIGHTON
So ein Bürgerkrieg haut einem den ganzen Menüplan zusammen.

–

Der letzte Lancaster-Soldat wird erstochen.
Die York-Soldaten jubeln.

–

DIGHTON
Müsst ihr denn so blöd schreien? Na geh! Seid ihr denn wahnsinnig?

–

Die York-Soldaten beachten DIGHTON nicht, reinigen ihre Schwerter.

–

DIGHTON
Muss man so deppert schreien? Da ist ja keiner mehr von uns übrig.
Was mach ich jetzt mit meinen Hendln?

–

Die drei York-Soldaten gehen mit gezückten Schwertern auf DIGHTON zu.

–

DIGHTON
Nein. Nein. Bitte, so war das jetzt nicht gemeint. Ich bin unbewaffnet!
Der Schöpfer ist auf meiner Seite! Bitte, den Feind zu verköstigen
bedeutet Hochverrat. Nein! Nicht doch!!! Bitte tut mir das nicht an!

Er verteidigt sich mit den Hühnchen, sodass am Ende auf jedem Schwert ein Hühnchen steckt. Die York-Soldaten gehen lachend ab.

–

DIGHTON

Ha! Lacht nur! Die Hühnchen sind vergiftet! Idioten!

FORREST *(aus dem Off)*

Finger weg! Aua! Aua! Das ist mein Esel! *(Er tritt auf.)* Hurensöhne! Arschgesichter! Verdammtes Soldatenpack! Das darf ja nicht sein. Die Scheißsoldaten haben mir meinen Esel gestohlen. Der Blitz soll euch beim Scheißen treffen! Jetzt kann ich den ganzen Weg nach London zu Fuß gehen. Hurensöhne.

DIGHTON

He! Hallo! William. William Forrest!

FORREST

Das gibt es ja nicht! Frederick! Frederick!!! Mein Gott!

–

Sie umarmen einander freudig.

–

FORREST

Das darf ja nicht wahr sein! Zwanzig Jahre ist das schon her, mindestens zwanzig Jahre. Mein Gott, kannst du dich erinnern? Wir waren so klein und schon so blad. Frederick Dighton, der als Kind immer das ganze Weihwasser ausgetrunken hat. In der Kirche. Aus Angst vor dem Teufel? Und ich bin dann immer zu dir ins Zimmer gekommen in der Nacht und hab dich erschreckt.

DIGHTON

Und mein William Forrest, der den Mädchen immer die Schuhe gestohlen und in der Nacht heimlich daran geschnüffelt hat.

FORREST

Das war berufliches Interesse. Ich bin Schuster geworden.

DIGHTON

Schön, wenn man seine Leidenschaft zum Beruf machen kann.

FORREST

Frederick...

DIGHTON

Lass dich anschauen. Meine Güte, bist du hässlich geworden!

FORREST

Ich weiß.

DIGHTON

Wie geht es dir!?

FORREST

Schlecht, sehr schlecht.

Ein York- und ein Lancaster-Soldat treten auf und beginnen einen Kampf rund um DIGHTON und FORREST.

–

FORREST
Seit ich von Ayelsbury nach London losgezogen bin, gerate ich von einer Schlacht in die andere.

DIGHTON
Wenn Bürgerkrieg ist, soll man zu Hause bleiben. *(zu den Soldaten)* Jetzt hört einmal auf.

FORREST
Ich habe kein Zuhause mehr, ich habe alles verloren.

DIGHTON
Wie? Kartenspiel? Würfeln? Trunksucht? Hurerei?

FORREST
Hurerei, das wäre sehr schön gewesen! Nein, leider.

–

Der Lancaster-Soldat ersticht den York-Soldaten mit seiner Hellebarde. Der sterbende York-Soldat gleitet röchelnd an FORREST herunter.

–

FORREST
Der Krieg geht mir am Arsch. Diese unnötige Sterberei, also wirklich. Ich hab alles verloren, Frederick. Ich ziehe nach London, um mir eine neue Existenz aufzubauen. Mein Haus ist mir abgebrannt, stell dir vor. Meine Schusterwerkstätte abgebrannt. Meine Frau – abgebrannt, einfach so. Stell dir vor. Und meine sieben Kinder.

DIGHTON
Sieben Kinder!?

FORREST
Und die Schustergilde zahlt keinen Pence. Nichts. Ich frage mich, wozu wir unsere Beiträge einzahlen, wenn sie einem dann nicht helfen, diese Hurenkinder.

DIGHTON
Und was machst du hier in Tewkesbury Field?

FORREST
Ich bin unterwegs nach London. Ich wollte meinen Esel verkaufen. Ich muss mir eine neue Existenz aufbauen. Ich wurde schon dreimal für einen Landstreicher gehalten. Und du weißt, was für eine Strafe auf Landstreicherei steht.

DIGHTON
60 Peitschenhiebe.

–

Ein York- und ein Lancaster-Soldat treten kämpfend auf dem Balkon auf.

FORREST
Eben. Und jetzt wollte ich in London meinen Esel verkaufen. Und jetzt haben mir diese verdammten Soldaten meinen Esel gestohlen.

–

Einer der beiden Soldaten springt auf der Flucht über die Balkon-Brüstung.

–

FORREST
Pass auf, Achtung!

–

Der Soldat springt und landet auf dem Bühnenboden.

–

FORREST
Geht's?

SOLDAT *(springt wieder auf)*
Gott sei Dank, ich lebe!

FORREST
Das ist der Hurensohn, der mir meinen Esel gestohlen hat.

–

Der Soldat läuft ab, FORREST läuft ihm ein paar Schritte nach.

–

FORREST
Ich weiß ganz genau, was ihr mit meinem Esel machen wollt! Perversling! *(Geht an die Bühnenrampe.)* Ich stehe am Abgrund! Ich blicke dem Grauen ins Gesicht. Die sind ein bisschen hässlich auf dieser Seite! *(zu Frederick)* Frederick, ich weiß nicht, was ich jetzt tun soll. Ich habe nichts mehr.

DIGHTON
Warum schließt du dich nicht unseren Truppen an?

FORREST
Du meinst, ich soll Soldat werden?

DIGHTON
Komm zu uns. Kämpfe für König Heinrich VI.! Er ist ein guter König!

FORREST
Wirklich, ich als Soldat? Na gut. Wie viel verdient man da?

DIGHTON
Ganz gut. Die Rosenkriege dauern jetzt schon sechzehn Jahre. Das ist ein sicherer Arbeitsplatz. Da kannst du dir ein neues Leben aufbauen... *(ein grässlicher Sterbeschrei aus dem Off ertönt)* ... wenn sie dich nicht vorher abstechen.

FORREST
Erzähl! Sechzehn Jahre Bürgerkrieg – wie viele hast du abgestochen?

Ein verletzter Lancaster-Soldat erwacht aus seiner Bewusstlosigkeit und will aufstehen.

–

DIGHTON
Keinen einzigen.

–

DIGHTON schlägt dem Lancaster-Soldaten mit der Bratpfanne unabsichtlich auf den Kopf und streckt ihn damit nieder.

–

FORREST
In sechzehn Jahren Bürgerkrieg nicht einen?

–

Der Lancaster-Soldat versucht abermals aufzustehen.

–

DIGHTON
Nicht einen einzigen.

–

DIGHTON erwischt den Lancaster-Soldaten abermals mit seiner Bratpfanne am Kopf. FORREST beobachtet die Szene.

–

FORREST
Aber den hast du jetzt erwischt! Gratuliere! Ein Feind weniger!
DIGHTON *(sieht den am Boden liegenden Lancaster-Soldaten an)*
Oje, das ist einer von unseren Leuten.

–

DIGHTON legt sein Bratpfanne ab und versucht, den Soldaten zu verarzten. Dieser rappelt sich langsam hoch.

–

DIGHTON
Das tut mir jetzt sehr leid!
FORREST
Mein Gott, was bist du für ein Soldat?
DIGHTON
Ich bin Koch.
FORREST
Ach so, du vergiftest den Feind!

–

Der Lancaster-Soldat schreit und läuft angsterfüllt ab.

–

DIGHTON
Ich verköstige die Truppen der Familie Lancaster. Ich hab mich als Soldat beworben. Ich war sogar in der ersten Schlacht bei St. Alban

dabei. Aber ich habe es nicht übers Herz gebracht, jemanden umzubringen. Ich konnte mit der Hellebarde nicht zustechen.

FORREST

Ja, ich weiß – du warst immer schon ein bisschen ein Weichei. Kannst du dich erinnern, wie du so wahnsinnig geweint hast, als ich damals als Kind die Frösche gekreuzigt habe?

DIGHTON

Es war schrecklich.

FORREST

Es war nicht schrecklich, es war Ostern. Ich wollte die Passion unseres Herrn Jesu Christi nachspielen. Besser mit Fröschen als mit den Nachbarskindern.

DIGHTON

Du bist und bleibst ein Idiot!

FORREST

Dass wir uns mitten im Krieg treffen... Die Soldaten bringen sich gegenseitig um. Sag einmal, worum geht es hier? Ich kenne mich überhaupt nicht aus.

DIGHTON

Weil der Herzog von York...

FORREST

Wer?

–

Der verletzte HERZOG VON YORK, gestützt von einem York-Soldaten, tritt auf.

–

DIGHTON

Der Herzog von York will König werden.

–

DIGHTON bemerkt nun den HERZOG VON YORK.

–

DIGHTON

Da ist er!

FORREST

Das ist ein Herzog? Ich habe noch nie einen Herzog gesehen. *(Verbeugt sich umständlich.)*

HERZOG VON YORK

Das Heer der Königin ist in der Übermacht,
Meine Söhne – Gott nur weiß, was ihnen zustieß.

–

Der York-Soldat beginnt, den HERZOG VON YORK zu verarzten.

HERZOG VON YORK
Doch weiß ich eins: Sie hielten sich wie Männer,
Zum Ruhm geboren, lebend oder tot.
Mit purpurnem Gewehr, bis an den Griff
Gefärbt in derer Blut, die sie bestanden.

FORREST
Den versteh ich sehr schlecht. Was sagt er? Wieso redet der so komisch?

DIGHTON
Er muss, er ist ein Adeliger!

FORREST
Ach so! Das ist ein Adeliger. Ja, natürlich. Ist der auf deiner Seite?

DIGHTON
Aber nein – das ist der Feind.

FORREST
Ah, das ist der Feind?

DIGHTON
Das ist ein York!

FORREST
Ein York, na oarg! Stell dir vor. Und deine sind welche?

DIGHTON
Lancaster! Wir sind auf der Seite der Familie Lancasters... Falls er den Krieg gewinnt, dann sind wir am Arsch.

FORREST
Moment – ich hab noch nicht gesagt, dass ich zu euch halte.

–

MARGARET tritt mit einem York-Soldaten kämpfend auf.

–

HERZOG VON YORK
Doch sieh, die finsteren Verfolger nah'n...

–

MARGARET streckt den York-Soldaten mit drei gezielten Hieben zu Boden.

–

YORK-SOLDAT *(Begleiter des HERZOG VON YORK, möchte diesen zur Flucht bewegen)*
Mylord!

HERZOG VON YORK *(winkt ab)*
Doch ich bin schwach und kann nicht mehr entfliehn.

–

MARGARET ersticht den am Boden liegenden York-Soldaten.

–

DIGHTON
Die Königin!! Verbeug dich.

FORREST

Nein, ich bin auf seiner Seite.

–

DIGHTON schlägt FORREST mit seinem Schöpfer auf den Fuß.
Nun verbeugt sich auch FORREST.

–

MARGARET *(zum HERZOG VON YORK)*

Seid Ihr's, der Englands König werden wollte?
Seid Ihr's, der einst so siegessicher war im Parlament?

FORREST

Frederick, ich habe eine Idee! Wir wetten.

DIGHTON

Wetten?

FORREST

Ja. Wir haben früher doch immer gewettet. Ich setze alle meine Münzen auf den Herzog von York.

–

Ein Lancaster-Soldat tritt unbemerkt auf.

–

DIGHTON

Gut. Ich halte dagegen. Mit allen meinen Münzen.

–

Der Lancaster-Soldat ersticht den Begleiter des HERZOGS VON YORK und nimmt den Herzog gefangen.

–

MARGARET

Ja, ja – so kämpft der Gimpel in der Schlinge.
So zappelt das Karnickel in dem Netz.

HERZOG VON YORK

Es wird aus meiner Asche, Phönix gleich, ein Vogel steigen,
Der an euch allen Rache nimmt.

MARGARET

Wo ist Ihr Söhne Pack jetzt, Sie zu schützen?
Der geile Edward und der schöne George,
Und wo das hässliche, krummbucklige Monster,
Richard, Ihr Sohn, der mit der Stimm' voll Ungeduld
Dem Vater einst zum Meutern Mut zusprach?!

–

CLIFFORD tritt mit einem Lancaster-Soldaten auf.
Er hat RUTLAND in der Gewalt.

MARGARET
Oder vielmehr, wo ist Ihr Liebkind Rutland?
RUTLAND
Vater!
DIGHTON
Wer ist er? Der Bub ist wer?
FORREST
Sein jüngster Sohn.
FORREST
Das ist der Sohn, aha. Und der mit dem Messer?
DIGHTON
Clifford, der Handlanger der Königin. Er besorgt so einiges für sie.
FORREST
Da hat sie Glück, die ist ja schon so lange verheiratet, da braucht sie wen, der es ihr ordentlich besorgt!

–

MARGARET geht, das Schwert schwingend, auf RUTLAND zu.

–

MARGARET
Hätt' ich hier deine Brüder, s'wär ihr Leben
Samt deinem mir an Rache nicht genug! *(Ersticht RUTLAND.)*
HERZOG VON YORK
Nein!
DIGHTON
1:0 für mich.
FORREST
Oh, Scheiße, Scheiße, Scheiße.

–

Der Lancaster-Soldat und CLIFFORD gehen mit RUTLANDS Leiche ab. MARGARET nimmt eine Papierkrone aus DIGHTONS Bratpfanne und setzt sie dem HERZOG VON YORK auf.

–

MARGARET
Ei ja, nun sieht er einem König gleich! *(Sie verbeugt sich spöttisch.)*
FORREST
Foul! Das ist ein Foul! Man darf den Gegner nicht demütigen!
DIGHTON
Leise – wenn die uns hören, sind wir dran.

–

MARGARET nimmt ein Schnupftuch und wischt damit RUTLANDS Blut von ihrem Schwert.

HERZOG VON YORK

Die Tränen hier sind Rutlands Leichenfeier,
Und jeder Tropfen schreit um ihn nach Rache
An dir, verfluchte Margaret, ja, an dir, du Schlangenweib!

FORREST

Bravo, bravo! Gib's ihm – das wird ein Conter!

DIGHTON

Siehst du nicht, dass er weint?

FORREST

Ach, das ist doch nur seine Taktik! Yehoehoehoeh!
Die Scheiße ist in Lancaster zu Hause.

MARGARET

Sieh, York, ich hab das Seidentuch ins Blut getaucht,
Das ich mit meiner Degenspitze hier
Aus deines Sohnes Brust hab strömen lassen.
Und falls dein Aug um seinen Tod sich nässt,
Geb ich's dir gern, die Wangen dir zu trocknen.

DIGHTON

Jetzt wird's aber ein bisserl grausam.

FORREST

Wieso?

DIGHTON

In dem Taschentuch ist das Blut seines Kindes.

FORREST

Was? Das hab ich gar nicht mitbekommen.

DIGHTON

Wieso denn nicht?

FORREST

Die reden so komisch – da versteht man ja nichts! Oh Gott, das ist ja grauenvoll! Das ist das Blut von seinem Sohn, mit dem... mir wird schlecht, ich muss speiben.

–

FORREST läuft ab. MARGARET geht langsam mit einem Dolch auf den HERZOG VON YORK zu.

–

HERZOG VON YORK

Du Schlange, deren Zunge mehr Gift spritzt als der
Natter Zahn!

MARGARET

Dies hier fürs Recht unseres sanften König Heinrichs.

–

MARGARET ersticht den HERZOG VON YORK.

HERZOG VON YORK *(sich den Dolch herausziehend)*
Tu auf dein Tor der Gnade, guter Gott!
Durch diese Wunden fliegt mein Geist zu dir! *(stirbt)*

–

FORREST tritt wieder auf.

–

DIGHTON
Hast du schon gespieben?!

–

FORREST deutet Nein. Als FORREST den toten Herzog sieht, muss er kotzen. Er nimmt DIGHTON den Helm vom Kopf und kotzt hinein.

–

FORREST
Tschuldigung! Das wollt ich nicht. Entschuldige.
MARGARET
Der Krieg ist gewonnen!

–

Der Lancaster-Soldat jubelt und wird plötzlich von hinten vom sterbenden Begleiter des HERZOGS VON YORK erstochen.

–

MARGARET
Das Haus Lancaster bleibt an der Macht,
Die rote Rose triumphiert!

–

DIGHTON tritt vor und klatscht begeistert.

–

MARGARET
Wer bist du?
DIGHTON
Der Koch, Your Majesty! *(verbeugt sich)*
MARGARET
Du sollst befördert werden!
Ich mache dich zum königlichen Chefkoch!
DIGHTON
Zu gütig, Your Majesty!
MARGARET
Wo ist dein Helm?
FORREST
Oh, Entschuldigung. Den habe ich.

–

FORREST setzt schnell den Helm wieder auf DIGHTONS Kopf. Die Kotze rinnt ihm übers Gesicht.

MARGARET

So ist es besser!

DIGHTON

Naja...

MARGARET

Auf nach London, dem König, meinem Gemahl, Bericht erstatten!

–

MARGARET mit der Leiche von HERZOG VON YORK ab.

[3. SZENE]

FORREST

Scheiße, Scheiße, Scheiße!

DIGHTON

Speibe, Speibe, Speibe. *(Nimmt seinen Helm ab und wischt sich mit einem Tuch die Kotze vom Kopf.)* William, ich nehme deine Entschuldigung an.

FORREST

Was für eine Entschuldigung? Ich bin verzweifelt. Ich bin am Ende. Ich habe alles verloren! Mein Haus, meine Schusterwerkstatt, meine Frau, meine Kinder, meinen Esel!

DIGHTON

Und deine ganzen Münzen! Her mit den Münzen!

FORREST

Gratuliere, du hast die Wette gewonnen. Hier sind meine ganzen Münzen.

–

FORREST gibt DIGHTON eine Münze.

–

DIGHTON

Das ist aber nur eine!

FORREST

Mehr habe ich nicht. Das sind meine ganzen Münzen... Gott, Frederick, jetzt habe ich überhaupt nichts mehr. Ich werde verhungern!

DIGHTON

Das dauert aber noch zwanzig Jahre... Dafür haben wir den Krieg gewonnen!

FORREST
Weil du bei den Siegern bist. Ich bin bei den Verlierern und hab gar nichts. Man wird mich aufhängen, als Landstreicher auspeitschen oder vierteilen!

DIGHTON
William! Jetzt, wo die Königin mich zum Chefkoch gemacht hat, sieht die Welt ganz anders aus. Ich habe eine Idee: Du musst noch vor der Königin in London sein. Noch weiß niemand, dass wir Lancasters den Krieg gewonnen haben. Du bewirbst dich am Hof und wirst Soldat des Königs und wenn Königin Margaret in London einzieht, bist du bei den Gewinnern und bekommst einen großen Sold. Und da ich jetzt Chefkoch bin, werde ich dich als Küchenjunge anfordern und wir arbeiten gemeinsam im Palast und lassen es uns gut gehen.

FORREST
Wir lassen's uns gut gehen. Ich, William Forrest, bin dann Küchenjunge des Chefkochs der Königin. Das würdest du wirklich für mich tun?

DIGHTON
Natürlich... du bist mein letzter lebender Freund!

FORREST
Frederick, komm her! *(Will DIGHTON umarmen.)* Wäh, du stinkst so furchtbar... Wie soll ich aber vor der Königin in London sein?

DIGHTON
Lauf, Forrest, lauf!!!

–

FORREST läuft ab.

–

EDWARD *(aus dem Off)*
Rutland!

CLARENCE *(aus dem Off)*
Vater!

DIGHTON
Um Gottes Willen, die Yorks!

–

DIGHTON lässt sich zu Boden fallen und stellt sich tot.

–

EDWARD *(aus dem Off)*
Richard, Clarence, kommt, lasst uns hier nachsehen!

[4. SZENE]

CLARENCE, RICHARD und EDWARD treten mit gezogenen Schwertern auf.

–

CLARENCE

Durchsucht das Feld nach Überlebenden!

–

CLARENCE hebt DIGHTONS Kopf, lässt ihn aber schnell und mit dem Ausdruck des Ekels fallen. Ein sterbender York-Soldat robbt auf DIGHTON zu.

–

RICHARD

Sprich, Soldat!

–

RICHARD kniet sich hin, um den Soldaten besser zu verstehen.
Der York-Soldat flüstert RICHARD etwas ins Ohr.

–

RICHARD

Der Vater tot!
Und unser Rutland!
Gemordet durch die Pest von Weib.
Und Heinrich immer noch auf seinem Thron.

CLARENCE

Geliebter York! Die Stütze, auf der wir lehnten,
Ist nun tot.

EDWARD

Totgeschlagen hat die Schlange Europas Zier
Des Rittertums. Ich bin mir sicher, Clifford stand ihr zur Seite.

CLARENCE

Auch unsern jüngsten Bruder Rutland hat sie auf dem Gewissen!

EDWARD

Rutland!

–

CLARENCE umarmt EDWARD tröstend.

–

RICHARD

Ich kann nicht weinen, alles Nass in mir
Reicht kaum, mein feuerglühend' Herz zu löschen.
Weinen heißt tiefes Leid nur seichter machen:
Tränen sind Kinderkram. Für mich zählen Kampf und Rache!

–

Der PRINCE OF WALES und CLIFFORD treten auf.

CLIFFORD
Da sind sie, die Verlierer aus dem Hause York, und beweinen ihres Vaters Tod.
Beugt Euer Haupt dem wahren König und danket Gott,
Dass ich euch am Leben lasse.

–

RICHARD zieht sein Schwert und ersticht CLIFFORD. Dieser fällt auf DIGHTON.

–

PRINCE OF WALES
Ich will nur schnell nach London und
Meinem Vater sagen, dass wir gewonnen haben.

RICHARD
Aber ja doch. Ihr seid zu jung zum Sterben.

–

PRINCE OF WALES will abgehen.

–

RICHARD
Obwohl...

–

RICHARD ersticht von hinten den PRINCE OF WALES. Dieser seufzt und sieht ihn fragend an.

–

RICHARD
Halt's Maul!

–

PRINCE OF WALES fällt nun auch auf DIGHTON. Der vermeintliche Leichenhaufen beginnt zu zittern.

–

EDWARD
Ich bin der Älteste, drum kommt das Herzogtum
Auf mich und auch der Thron von York.

RICHARD
Aber ja doch! Statt Herzogtum sag England und
Der Thron sei dein, Englands Thron und auch die Krone!
Bruder, du sollst König sein.

CLARENCE
Your Royal Highness.

EDWARD
Richard!

CLARENCE
Soldaten!

Zwei York-Soldaten treten auf und beginnen mit dem Abtransport der Leichen des PRINCE OF WALES und CLIFFORDS.

–

CLARENCE
Lasst uns die Leichen zu Margarets Schmach noch blutend vor den Tower werfen!

–

CLARENCE ab.

–

RICHARD
Lasst mich dem sanften Heinrich unseren Sieg verkünden.
Und treff Ich diese Schlange Margaret, so trenn ich ihr den Kopf von ihrer schmalen Brust.

–

Die York-Soldaten mit den Leichen ab.

–

EDWARD
Heinrichs Tod ist genug. Lass Margaret am Leben.

RICHARD
Bruder!

EDWARD
Des Blutgemetzels ist nun genug! Wir werden Margaret nach Frankreich schicken ins Exil.

RICHARD
Ganz wie du wünschst, Edward. Du bist Englands König.

–

EDWARD ab. RICHARD geht zu DIGHTONS „Leiche" und stellt seinen Fuß auf sie.

–

RICHARD
Bis ich es bin!
Wie einer, der am Hochgebirge steht
Und sieht ein fernes, heiß ersehntes Ufer
Und wünscht, sein Fuß wär' wie sein Aug' schon dort,
Gier ich nach Englands Krone, die mir noch fern ist.

–

RICHARD ab.

–

DIGHTON *(steht panisch auf)*
Oh Gott, oh Gott, oh Gott – William!
William ist in Gefahr – ich muss William warnen!
Ich muss vor Richard in London sein. William! William!

ZWEITER AKT

[1. SZENE]

London. Vor dem Tower. Morgengrauen. Eine KÖNIGSWACHE vor dem Haupttor. HEINRICH VI. geht auf dem Balkon auf und ab, sein Gebetsbuch in der Hand.

–

HEINRICH VI.

Seit Tagen bin ich hier im Tower,
Und bange um die Königin und meinen Sohn, den Prinzen.
O Jammerschauspiel! Blutgierige Zeiten!
Wo Löwen Schlacht und Krieg führen um die Beute,
Da büßen Lämmer schuldlos deren Feindschaft.

–

ROSAMUNDE und ROSALINDE treten mit Einkaufskörben auf.

–

ROSAMUNDE

Rosalinde, du willst doch nicht wirklich an den Hof?

ROSALINDE

Natürlich. Ich will doch nicht nur beten, so wie du. Ich werde mir einen dieser Adeligen aufreißen. Ich werde ihn verliebt machen. Ganz verrückt nach mir wird er sein.

ROSAMUNDE

Welcher Adelige möchte sich schon mit einer Hure einlassen?

ROSALINDE

Wenn sie sexuell hörig sind, machen sie alles.

ROSAMUNDE

Wir sind der letzte Abschaum. Niemals wird ein edler Herr uns erhören und ehelichen.

ROSALINDE

Wer redet vom Ehestand? Ich will eine Mätresse werden.
Da hat man die viel besseren Karten.

ROSAMUNDE

Wenn Vater das erfährt...

ROSALINDE

Ach, Vater, der ahnt doch nichts davon.

ROSAMUNDE

Komm, lass uns nach Hause gehen. Vater wartet bestimmt schon auf uns.

ROSALINDE

Nein, ich bleibe noch etwas hier, ich werde mir die Wache einkochen.

ROSAMUNDE

Rosalinde, bitte!

ROSAMUNDE bekreuzigt sich und geht ab.

–

ROSALINDE *(zur KÖNIGSWACHE)*
Lang lebe der König!
KÖNIGSWACHE
Das geht mich nichts an.
ROSALINDE
Was!?
KÖNIGSWACHE
Wie lange der König lebt… das ist Sache des Königs!

–

HEINRICH VI. seufzt und geht ab.

–

ROSALINDE
Braucht ihr keine Huren im Palast?
KÖNIGSWACHE
Das geht mich nichts an.
ROSALINDE
Was?
KÖNIGSWACHE
Nichts, mich geht nichts etwas an… ich bin die Wache des Königs.
ROSALINDE
Braucht der König vielleicht Huren?
KÖNIGSWACHE
Was der König braucht, ist Sache des Königs.
ROSALINDE
Ja, aber wer weiß, vielleicht gibt es ja bald einen neuen, aufstrebenden König.
KÖNIGSWACHE
Das geht mich auch nichts an. Das ist dann Sache des neuen Königs. Macht Euch fort, Dirne, Ihr habt vor dem Tower nichts verloren!
ROSALINDE
Wohin?
KÖNIGSWACHE
Das geht mich nichts an.
ROSALINDE
Idiot!
CLARENCE *(aus dem Off)*
Margaret!

–

ROSALINDE geht schnell ab. RICHARD, EDWARD, CLARENCE und ein York-Soldat treten mit der Leiche des PRINCE OF WALES auf.

CLARENCE
Margaret, du Ausgeburt der Hölle! *(zum York-Soldaten)* Hier hin!

–

Der York-Soldat legt die Leiche des Prinzen vor dem Tower ab.

–

CLARENCE
Falls du Sehnsucht hast nach deinem Sohn – er wartet hier auf dich!

–

Alle Yorks bespucken die Leiche.

–

RICHARD *(zur KÖNIGSWACHE)*
Hey du!
KÖNIGSWACHE
Was, ich?
RICHARD
Ja! Schaff diese Leiche fort, verscharre sie im Dreck.
Doch zuvor trenn' den Kopf vom Leib des Prince of Wales.
Ich werd' in den Tower dem sanften Heinrich unseren Sieg verkünden,
Und Clarence. Und bereitet die Krönung meines Bruders vor.

–

EDWARD und CLARENCE ab. LADY ANNE tritt am Balkon auf.

–

LADY ANNE
Drecksteufel, du! Du hast mir den Ehemann geraubt.
Ich verfluche dich, der du die schöne Welt verwandelst
In deine Hölle.
RICHARD
Mylady!

–

RICHARD wirft LADY ANNE eine Kusshand zu, sie läuft schluchzend ab.

–

PRINCE OF WALES
Lady Anne!
KÖNIGSWACHE *(zum PRINCE OF WALES)*
Pst!
PRINCE OF WALES
Mein Weib!

–

Der PRINCE OF WALES versucht sich hochzustemmen. RICHARD drückt ihn mit seinem Fuß zu Boden und versetzt ihm mit seinem Schwert den Todesstoß. Die KÖNIGSWACHE will flüchten. Zuerst versperrt ihm der York-Soldat den Weg. Beim Versuch, in den Tower zu gelangen, merkt die KÖNIGSWACHE, dass das Tor geschlossen ist.

KÖNIGSWACHE *(panisch)*

Bravo!!! Ein Hoch auf die Familie York! *(klatscht)* Ehrlich, ich war immer schon auf Eurer Seite! Übrigens, man hat mich gezwungen, auf den König aufzupassen. Wenn Ihr ihn erstechen wollt, er ist oben im Turm, zweite Türe links, zweimal Klopfen, das Losungswort lautet „Die mit der weißen Rose machen in die Hose". War nicht meine Idee, ich war dagegen. Bitte tötet mich nicht!

RICHARD

Mal sehen, ob ich so einen charakterlosen Schleimer wie dich nicht gebrauchen kann.

–

Die KÖNIGSWACHE hält RICHARD die Tür zum Tower auf.

–

RICHARD

Wenn nicht, kann ich dich immer noch erstechen... nicht wahr!?

KÖNIGSWACHE

Hervorragende Idee!

–

RICHARD geht in den Tower ab. Der York-Soldat schultert die Leichen des PRINCE OF WALES und geht ab. FORREST tritt auf.

–

FORREST

Gott sei Dank hab ich ein Pferd gefunden. Nur leider dieses verdammte Pferd! Ich hab mir einen Wolf geritten, blöderweise. Es juckt so wahnsinnig. *(Er sieht die Wache und begrüßt sie.)* Lang lebe der König!

KÖNIGSWACHE

Das ist Eure Sache, Sir. Das geht mich nichts an.

FORREST

Entschuldigung, das tut mir wahnsinnig leid. Ich wollte Sie nicht verunsichern. Ich soll mich hier melden, als Soldat des Königs.

KÖNIGSWACHE

Das sind aber jetzt die Yorks.

FORREST

Nein, die anderen, Lancasters. Das bleibt aber unter uns. Die Familie Lancaster hat den Krieg gewonnen!

KÖNIGSWACHE

Nein, das sind die Yorks.

FORREST

Nein. Ich war ja selber dabei. Die Lancasters haben gewonnen. Lang lebe die Familie Lancaster.

KÖNIGSWACHE

Aha... ja! Wollt Ihr vielleicht als Wache des Königs anfangen, Sir?

FORREST

Was, ich? Ich, Wache des Königs? Bist du deppert. Da wird der Frederick schauen. Ich, Wache des Königs!
Lang lebe die Familie Lancaster!

KÖNIGSWACHE

Das ist jetzt Eure Sache, Sir.

–

Die KÖNIGSWACHE übergibt FORREST Helm und Hellebarde und sieht angsterfüllt Richtung Balkon.

–

KÖNIGSWACHE

Das Losungswort lautet: Die mit der weißen Rose machen in die Hose.

FORREST

Sehr gut, das merk ich mir! Lang lebe die Familie Lancaster!

KÖNIGSWACHE

Das ist nun wirklich Eure Sache, Sir. Ich muss zum Schiff nach Frankreich!

FORREST

Das ist jetzt wirklich Eure Sache, Sir.

KÖNIGSWACHE

Ihr lernt schnell.

–

Die KÖNIGSWACHE ab.

–

FORREST

Wahnsinn, ich bin jetzt Wache des Königs.
Wenn das der Frederick sieht.

[2. SZENE]

DIGHTON tritt auf. Er ist völlig außer Atem.

–

DIGHTON *(hechelt unverständlich)*
Ah! Oh. Ah... schnell... Unglück... Luft... ich krieg... Nix... Wir müssen... Unglück... Richard... Richard!

FORREST
Frederick! Was ist denn?
Um Gottes Willen, du hast kein Pferd gefunden?

DIGHTON
William! Du bist... du bist...

FORREST
... die Wache des Königs!

DIGHTON
In Gefahr! Nix Chefkoch... nix...

FORREST
Beruhige dich!

DIGHTON
Richard will König Heinrich ermorden.

–

HEINRICH VI. tritt mit seinem Gebetsbuch am Balkon auf.

–

FORREST
Bitte beruhige dich und hol' einmal tief Luft.

HEINRICH VI.
War je ein König im Genuss des Throns,
Der weniger Genuss dran fand als ich?
Kein Untertan, der je zum Thron sich sehnte,
Als ich mich sehne, Untertan zu sein.

DIGHTON
König Heinrich ist in Lebensgefahr!

–

RICHARD tritt am Balkon hinter HEINRICH VI. auf.

–

FORREST
Das ist ein Blödsinn. Ich bin jetzt die Wache des Königs.
Die Wache des Königs wird noch sehr lange leben.

–

RICHARD ersticht HEINRICH VI.

–

HEINRICH VI.
Ahhh!!!

RICHARD

Fahr zur Hölle und sag, ich hätte dich geschickt!

–

RICHARD geht mit der Leiche HEINRICH VI. ab.

–

FORREST

Sag, Frederick, findest du eigentlich: Soll ich so stehen oder besser so?

DIGHTON

William, jetzt hör zu: Richard, der Herzog von Gloucester, hat den Prince of Wales getötet. Und Clifford! Die Yorks haben den Krieg gewonnen! Nicht die Lancaster. Und jetzt ist Richard auf dem Weg in den Tower, um König Heinrich zu ermorden!

FORREST

Den hätte ich ja gesehen. Seit ich hier Wache des Königs bin, ist hier niemand vorbeigekommen. Auch nicht der Richard.
Wie sieht er denn aus, dieser Richard?

DIGHTON

Ich weiß es nicht. Er ist ja die ganze Zeit auf mir draufgestanden.

FORREST

Was?

DIGHTON

Ich habe ihn ja nicht gesehen, aber angeblich hat er einen Klumpfuß und einen Buckel und so eine Hand. Er wurde mit den Füßen zuerst geboren. Seine Mutter ist bei seiner Geburt fast zu Tode erschrocken. Er hatte als Säugling schon alle Zähne und ganz lange Haare.

FORREST

Da kann ich dich beruhigen. Seit ich Wache des Königs bin, ist hier kein Säugling mit langen Zähnen und allen Haaren vorbeigekommen!

DIGHTON

Komm. Gib das weg.

–

DIGHTON versucht, FORREST die Hellebarde wegzunehmen.
Es beginnt ein Gerangel.

–

FORREST

Nein, lass mich.

DIGHTON

Gib her.

FORREST

Aber ich bin doch die Wache des Königs.

[3. SZENE]

RICHARD tritt zwischen DIGHTON und FORREST auf.

–

RICHARD
Nun ward der Winter meines Missvergnügens,
Glorreicher Sommer durch den Sohn von York.

FORREST
Halt! Wie lautet das Losungswort?

DIGHTON
Das Losungswort muss man nur sagen, wenn man in den Tower hinein will.

FORREST
Auf Wiedersehen! Danke für Ihren Besuch!
(zu DIGHTON) Wer ist das überhaupt?

RICHARD *(reinigt sein Schwert)*
Noch bemerkt man kaum mich in der Welt,
Jedoch die Wolken all, die unser Haus bedräut,
Sind in des Weltmeers tiefem Schoß begraben.
Nun zieren unsre Köpfe Siegeskränze,
Die scharfen Waffen hängen als Trophä'n!

FORREST
Der redet auch so komisch.

DIGHTON
Adelig!

FORREST
Nein, das kann nicht sein. Schau, wie hässlich der ist.

DIGHTON
Aber natürlich! Schau ihn dir an. Der Buckel, die lustige Hand... das ist der Hofnarr!

FORREST
Der Hofnarr des Königs, der den Richard nachmacht!
Aber natürlich!

–

DIGHTON wirft ihm eine Münze hin.

–

DIGHTON
Hallo Lustiger.

FORREST
Schau, wie er schaut. Oh, da fürchten wir uns aber. Wart, ich hab eine Idee. Lieber Herr Hofnarr, können wir auch Hofnarren werden? Dann könnten wir gemeinsam ein Hofnarren-Ensemble gründen und dem König was vorspielen. Was sagst du dazu?

RICHARD sieht die beiden abschätzig an. Dann geht er langsam Richtung Tower.

–

RICHARD
Sprecht euer letztes Gebet!

–

Ein BOTE tritt auf.

–

BOTE
Mylord! Es sei mir erlaubt, Nachricht
Von Eurem Bruder zu bringen.

DIGHTON
Der Hofnarr hat auch einen Bruder?

RICHARD
Sprich!

BOTE
Tränen, heiß vor Freude, weinte
Eure Mutter, die Herzogin von York,
Weil ihres Sohnes Edwards Haupt bald die Krone Englands ziert.
Es ist alles vorbereitet für die Krönung Eures Bruders.

RICHARD
Ja.

BOTE
Hoch lebe Edward IV., König von England!

RICHARD
Ja!

BOTE
Ich ziehe mich zurück, Mylord!

RICHARD
Ja!

BOTE
Herzog von Gloucester, Bruder des Königs.

–

Der BOTE wird im Abgehen von RICHARD erstochen. FORREST legt verstohlen Helm und Hellebarde weg.

–

DIGHTON
Das ist der echte Richard.

RICHARD
Edward IV. Lang lebe Edward IV.

FORREST
Was machen wir jetzt? Haben wir ihn beleidigt?
Der versteht sicher einen Spaß. Der ist eine Frohnatur.

DIGHTON

Ja.

FORREST

Wart, ich verabschiede mich. Ich mach das schon. *(zu RICHARD)* Also dann, schönes Wochenende! Danke für das schöne Gespräch! Viel Spaß bei der Krönung. Wir können leider nicht mitkommen, wir haben... wir haben...

DIGHTON

Wir haben... äh... Lateinstunde...

FORREST

Was haben wir? Ja, wir haben Lateinstunde. Jetzt, wo der Krieg aus ist und es so viele Tote gibt, da kann es wohl nicht schaden, eine tote Sprache zu sprechen. Also dann. In Nomine patriae, ubiquae et semper Holiday! Wiederschauen!

RICHARD

Wachen!

FORREST

Das weiß ich leider nicht, was das auf Latein heißt.

–

Blitzschnell treten zwei York-Wachen auf.

–

RICHARD

Ergreift sie!

FORREST

Ergreift sie, ich weiß nicht, was das heißt...

DIGHTON

Capere!

–

Die York-Wachen fesseln FORREST und DIGHTON mit einem Strick aneinander.

–

FORREST, DIGHTON *(alternierend)*

Capio, capis, capit, capimus, capitis, capiunt, caperatis, cambimbam, caperabimbam, caperumu, caipirinha.

RICHARD

Den Bruder des Königs zu verspotten ist Hochverrat!

–

Eine York-Wache ab.

–

DIGHTON

Haben wir nicht. Das ist ein Missverständnis! Wir freuen uns, dass die Familie York den Krieg gewonnen hat!

FORREST

Ja! Bravo! Ein Hoch auf Euch, edler, anmutiger, wunderschöner Richard, dessen Buckel man kaum sieht. Das ist ja nur ein Wimmerl.

DIGHTON

Ihr seid jetzt der Bruder eines Königs. Lang lebe Edward IV.

FORREST

Ein Hoch auf den König... Euren Bruder... und auch auf Euch, den Bruder Eures Königs, der Ihr seid und noch einen Bruder habt, der auch Bruder des Königs ist und der auch Euer Bruder ist... Wie schön, dass Ihr noch zwei Brüder habt. Der hat sehr viele Brüder, finde ich. Ich zum Beispiel habe nur noch ein alte Tante, die...

RICHARD

Pst.

RICHARD

Den Bruder des Königs zu verspotten ist Hochverrat! Und ihr wisst, was auf Hochverrat steht?

FORREST

Ja! Man muss sich in die Ecke stellen.

RICHARD

Nein! Der andere Idiot?

FORREST

Ich glaube, das bist du!

DIGHTON

Man muss hundert Mal schreiben, man darf den Bruder des Königs nicht verspotten.

RICHARD

Wir werden euch aufhängen. Aber nur bis knapp vor den Erstickungstod, dann schneiden wir euch wieder vom Galgen, schlitzen euch den Bauch auf, reißen eure Gedärme heraus, schneiden euch die Genitalien ab, die wir vor euren Augen verbrennen und dann werdet ihr gevierteilt.

–

Die York-Wache fällt in Ohnmacht.

–

RICHARD

Weichei.

DIGHTON

Your Grace! Das zahlt sich doch gar nicht aus... der ganze Aufwand nur wegen uns.

RICHARD

Zu spät! Das Urteil ist gefällt!

DIGHTON

Wenn Ihr mir den Bauch aufschlitzt – ich bin wahnsinnig kitzlig. Und wenn Ihr mir die Gedärme rausreißt, kann es sein, dass ich sehr stark furzen muss. Ich habe oft starke Blähungen.

FORREST

Ja, das kann ich bestätigen. Er schaßelt den ganzen Tag, Your Grace.

RICHARD

Ja.

FORREST

Und was das Abschneiden meiner Genitalien betrifft, das ist nicht notwendig. Die sind so klein, die sieht man kaum. Wirklich! Man muss sie mir auch nicht anzünden, die brennen von selber!

RICHARD

Maul halten! Maul halten! Oder mein Schwert befördert euch jetzt gleich zu den Engeln.

FORREST

Sehr wohl, Your Grace!

–

Hinter der Bühne hört man Musik, und Menschen singen "God save the King".

–

RICHARD

Die Krönung meines Bruders...

FORREST

Juhu!

FORREST, DIGHTON *(singen)*

God save our gracious King,
Long live our noble King,
God save the King!

RICHARD

Pst!
Aus rauhem Kriegslärm werden munt're Feste,
Aus furchtbar'n Märschen Tanzmusik.

DIGHTON

Hurra! Tanzmusik! Ein Hoch auf Euren Bruder!

FORREST

Geht doch in den Tower und tanzt mit!

RICHARD

Nein, ich bin nicht gemacht für solche Sachen.

DIGHTON

Ist doch ganz egal. Ihr seid sicher ein hervorragender Tänzer!

FORREST

Bockspringen könnt Ihr auf jeden Fall.
Ihr müsstet halt der Bock sein, sonst geht's nicht.

„God save the King“ ist zu Ende.

–

RICHARD

Ihr zwei seid so richtige Hornochsen!

FORREST und DIGHTON

Ja!

RICHARD

Ein Hurenschoß hat tiefere Gedanken!

DIGHTON und FORREST

Ja!

RICHARD

Blöd wie zehn Meter Waldweg!

DIGHTON und FORREST

Ja.

RICHARD

Zwei Pferdeärsche haben mehr Verstand als ihr.

FORREST

Ja, aber sie stinken nicht so wie wir, Your Grace!

RICHARD

Gut! Ich muss König werden.

FORREST

Bravo!

RICHARD

Und ihr zwei werdet mir dabei helfen.

FORREST

Gerne!

DIGHTON

Aber wir haben doch schon einen König?

FORREST

Egal, lass ihn doch. Bravo!!!

DIGHTON

Bist du wahnsinnig? Das bedeutet wieder Bürgerkrieg!

RICHARD

Ihr geht in meine Dienste, oder ich lasse euch wegen Hochverrats hinrichten.

DIGHTON

Das ist natürlich ein Argument!

FORREST

Aber was genau können wir tun in Euren Diensten, Your Grace?

RICHARD

Mein Bruder Edward ist König. Klar soweit?

FORREST

Ach so, das ist der Bruder. Ja.

RICHARD

Sein Sohn Edward ist der Thronfolger. Sollte – Gott behüte – dem König ein Unglück zustoßen, so wird sein Sohn Edward König. Sollte dem Kindchen – Gott behüte – etwas zustoßen, so wird sein kleinerer Bruder König. Sollte dem kleinen – Gott behüte – etwas zustoßen, wird mein älterer Bruder George, der Herzog von Clarence, König. Sollte meinem Bruder – Gott behüte – etwas zustoßen, werde ich König. So einfach ist das.

FORREST

Eine kleine Frage: Und wer wird König, sollte Euch...

FORREST, DIGHTON

... Gott behüte!...

FORREST

... etwas zustoßen?

RICHARD

Welche Mutter hat sich diese Geburt angetan?

FORREST

Was will er jetzt von seiner Mutter?

DIGHTON

Your Grace, eine Frage: Was genau sollen wir dabei tun?

RICHARD

Ihr seid fürs Zustoßen zuständig!

–

Fanfaren. KÖNIG EDWARD IV., CLARENCE, PRINZ EDWARD und JUNGER PRINZ, die HERZOGIN VON YORK und KÖNIGIN ELIZABETH treten auf.

–

ALLE AUFTRETENDEN

Lang lebe König Edward IV.!

RICHARD

Edward, mein Bruder, der König.

KÖNIG EDWARD IV.

Richard, wo warst du?

RICHARD

Mit einem Arm und einem Bein
Wird Richard oft noch Letzter sein.

KÖNIG EDWARD IV.

Die Letzten werden die Ersten sein!

RICHARD

Wie Recht er hat!

KÖNIG EDWARD IV.

Geliebte Mutter, nun endlich sitzen wir auf Englands Thron,
Erneut mit Feindesblut zurückgekauft.

KÖNIG EDWARD IV. *(herzt PRINZ EDWARD)*
Mein Sohn, für dich waren deine Onkel und auch ich,
In Waffen, sechzehn Winter lang,
Dass du die Krone einstmals trägst in Frieden
Und so die Früchte unseres Kampfes erntest.

PRINZ EDWARD
Ich danke, bester Vater!

KÖNIGIN ELIZABETH
Nun thront Ihr, wie es Euer Herz begehrte.
Habt Landesfrieden und der Brüder Liebe.
Dank, nobler Richard, dank Clarence dir, habt Dank!

KÖNIG EDWARD IV. *(herzt Elizabeth)*
Was steht noch an, als jetzt die Zeit verbringen
Mit Staatsbanketten, fröhlichen Komödien,
Gemacht für die Ergötzung uns'res Hof's.
Spielt, Musikanten! *(Musik)*

KÖNIG EDWARD IV.
Fort, Leid und Missgeschick!
Denn heut beginnt für England großes, neues Glück!

–

Alle ab außer RICHARD, DIGHTON und FORREST.

–

FORREST, DIGHTON
Lang lebe König Edward IV.! Bravo!

RICHARD
Also, wollt ihr am Galgen mit aufgeschlitzten Bäuchen euren Genitalien beim Brennen zusehen, während ihr gevierteilt werdet, oder wollen wir mich zum König machen?

FORREST
Er macht einem die Entscheidung aber ziemlich schwer.

DIGHTON
Your Grace! Wir machen alles, was Ihr verlangt – wenn Ihr uns am Leben lasst! Alles!

–

DIGHTON geht auf die Knie, dabei schnürt er FORREST mit dem Seil die Luft ab. Dieser beginnt zu keuchen.

–

DIGHTON
Ja. Und wenn wir alles gemacht haben und nichts mehr zu machen übrig ist, dann machen wir alles noch einmal.

RICHARD
Wirklich? Und was ist mit dir, der du gerade ein Kind gebärst?

FORREST

Ich mach alles, was er macht! Wir sind ja zusammengebunden.

RICHARD *(schlägt mit seinem Schwert die Fesseln durch)*

Aufstehen. Aufstehen.

FORREST

Danke, Your Grace, sehr nett.

RICHARD

Gut. Ich habe einen Auftrag für euch. Wenn ihr den erfolgreich erfüllt, werde ich euch reich belohnen.

RICHARD *(stößt mit seinem Fuß die am Boden liegende York-Wache, diese springt auf)*

He du, he du! Mitkommen!

–

RICHARD und die York-Wache ab.

–

DIGHTON

William, das ist ein Monster. Der will seine ganze Familie ermorden, nur damit er König wird. Mit dem will ich nichts zu tun haben!

FORREST

Ach, das sagt er nur so, weil er grantig ist. Vielleicht weil er nicht tanzen kann. Vielleicht hat er Sodbrennen. Außerdem hat er gesagt, er will uns reich belohnen!

–

RICHARD tritt auf. Die York-Wache hält ihm dabei die Tür auf.

–

RICHARD

Hier ist das Köpfchen des Prince of Wales. Ihr werdet es hier vor dem Tower aufspießen.

–

RICHARD wirft FORREST den Kopf zu und geht ab.

–

FORREST

Wäh! Nimm ihn du, du bist Koch!

–

FORREST wirft DIGHTON den Kopf zu. Der Kopf geht ein paarmal zwischen den beiden hin und her und endet bei DIGHTON.

–

FORREST

Was machen wir jetzt?

DIGHTON

Wir machen, was er gesagt hat und dann nichts wie weg.

–

RICHARD tritt auf, er zieht die Leiche HEINRICHS VI. hinter sich her.

RICHARD
Und das ist die Leiche Heinrichs – verscharrt sie im Dreck. Ach so, falls ihr fliehen wollt, ich warne euch, ich habe einen langen Arm.

–

RICHARD ab. FORREST lacht und äfft RICHARD nach.

–

FORREST
Genau, er hat einen langen Arm. *(Er besieht sich Heinrichs Leiche.)* Der König schaut aber gar nicht gut aus.

DIGHTON
Ja natürlich schaut er nicht gut aus, Richard hat ihn abgestochen!

FORREST *(nimmt eine am Boden liegende Hellebarde)*
Das ist aber nicht die feine englische Art. Was machen wir jetzt?

DIGHTON
Wir machen, was er uns gesagt hat. Wir spießen den Kopf auf und dann überlegen wir uns, wie wir aus der Sache wieder rauskommen. Komm, steck rein... na komm schon!

–

FORREST spießt nun mit vor Ekel geschlossenen Augen beinahe DIGHTON auf.

–

DIGHTON
Aua! Bist du wahnsinnig?

FORREST
Ich kann nicht hinschauen!

DIGHTON
Dann halt wenigstens still!

–

DIGHTON steckt den Kopf auf die Hellebarde.

–

DIGHTON
Gott sei Dank hat er die Augen zu! Hoffentlich kommt Königin Margaret nicht vorbei.

FORREST
Wieso?

DIGHTON
Wenn sie sieht, dass wir hier mit der Leiche ihres Mannes und dem Kopf ihres Kindes herumlaufen, dann...

FORREST
Die bringt uns um.

[4. SZENE]

MARGARET tritt auf.

–

MARGARET

Mein Sohn tot, mein Gatte nicht mehr König.
Was soll aus England werden? Auch wenn man mich ins Exil nach Frankreich schickt? Ich bleibe, und Rache will ich üben an dem Mörder meines Kindes.

FORREST, DIGHTON

Scheiße!

MARGARET *(zückt einen kleinen Dolch)*

Was wollt ihr beiden hier vor dem Tower? Seid ihr Mörder, die man gesandt hat, auch noch mich zu töten?

FORREST

Nein, wir sind zwei Dirnen, die hier auf den Strich gehen.

DIGHTON

William, die Alte bringt uns um, wenn sie die Leiche ihres Gatten sieht.

–

MARGARET sieht die Leiche des Königs.

–

MARGARET

Ist das mein Gatte, Heinrich VI.?

FORREST

Nein, nein, das ist meine Exfrau, Elfriede II.

MARGARET

Sieht aber aus wie mein Gatte!

FORREST

Ja, sie war sehr hässlich!

–

MARGARET zückt ihr Schwert.

–

FORREST

Oh! Das ist ja wirklich der König. Hallo! Majestät! Warum liegt der hier vor dem Tower? Der hat sich angetrunken... Ich glaube, er hat sich besoffen, weil er so traurig darüber war, dass er den Krieg verloren hat.

–

FORREST und DIGHTON heben die Leiche HEINRICHS hoch, DIGHTON bewegt ihren Kopf, FORREST die Hände.

FORREST

Majestät! Warum trinkt Ihr denn so viel? Ihre Frau ist da!
(FORREST als HEINRICH VI.)
Mir ist so schlecht.

DIGHTON

Majestät, es ist besser, wenn Ihr Euren Gatten schlafen lasst.

MARGARET

Wer hat meinen Gatten getötet?!

FORREST *(als HEINRICH VI.)*

Der Alkohol. Oh je, ich spür's schon... ich sterbe... *(als FORREST)*
Na geh! Jetzt ist der König tot. Oft hast ein Pech, jetzt ist er tot.

–

FORREST und DIGHTON lassen die Leiche HEINRICHS langsam zu Boden sinken. MARGARET sieht nun den Kopf ihres Sohnes auf der Hellebarde und schreit.

–

FORREST

Ich bin mir nicht ganz sicher, aber ich glaube, sie hat die Lanze gesehen!

DIGHTON

Bitte mach, dass sie auf eine Katze gestiegen ist.

MARGARET

Das ist ja mein Sohn!

DIGHTON

Euer Sohn? Wo?

MARGARET

Da auf der Hellebarde!

DIGHTON

Das ist Euer Sohn!?! Mein Gott, ist der groß geworden.

–

DIGHTON stellt sich unbedarft vor die Hellebarde.

–

DIGHTON

Hallo! Deine Mama ist da...

–

Er dreht die Stirnseite des Kopfes in MARGARETS Richtung.

–

DIGHTON

Da! *(Nimmt den Kopf von der Hellebarde.)*
Ich glaube, er hat sich im Krieg ein bisschen weh getan. Ist sicher nichts Ernstes. Aber man muss immer wissen, was zu tun ist.

DIGHTON macht bei dem abgeschnittenen Kopf Mund-zu-Mund-Beatmung. Wenn er reinbläst, kommt aus dem Hals ein mächtiger Strahl Blut heraus und trifft MARGARETS Mantel. FORREST versucht, das Blut wieder abzuwischen. MARGARET blickt fassungslos abwechselnd zu DIGHTON und FORREST.

–

DIGHTON

Das wird sicher wieder! Das ist nichts Ernstes.

FORREST

Ja, ja! Das wird wieder... das ist nur psychosomatisch!
Das ist nur im Kopf!

DIGHTON

Geschlechtskrankheit ist es sicher keine!

–

MARGARET nimmt den Kopf an sich und wischt ihm mit einem Taschentuch über die Wangen.

–

MARGARET

Wie oft hab ich dir gesagt, wenn Krieg ist, sollst du zu Hause bleiben?
Lasst mich die Toten jetzt zu Grabe tragen.

–

FORREST und DIGHTON machen Anstalten, ihr dabei zu helfen.

–

MARGARET

Finger weg!
Einen Gemahl schuldest du mir und einen Sohn,
Und ein Reich – Richard!
Du Missgeburt, dreckwühlendes Schwein,
Du, der gestempelt ward bei der Geburt.
(Geht langsam mit der Leiche HEINRICHS und dem Kopf des Prinzen ab.)
Der Sklave der Natur, der Hölle Sohn!
Du Schandfleck für der Mutter schweren Schoß!
Du ekler Sprössling aus des Vaters Lenden!
Kann mir jemand die Tür aufmachen?

FORREST

Selbstverständlich, Majestät!

–

FORREST und DIGHTON öffnen ihr die Tür. MARGARET ab.

MARGARET *(im Abgang)*

Kainskrüppel, elendigliche Frühgeburt.

–

RICHARD tritt auf.

RICHARD *(zu DIGHTON und FORREST)*
Zuhören!
Intrigen fing ich an, gewagte Pläne,
Durch dunkle Prophezeiungen und Träume,
Um meinen Bruder Clarence und den König
In Todfeindschaft einander zu verhetzen.
Und ist der König so naiv und treu
Wie ich verschlagen, falsch und hinterhältig.
So muss noch heute Clarence hinter Gitter.

FORREST
Ich versteh ihn sehr schlecht... was sagt er?

DIGHTON
Dass er ein Arschloch ist und seine beiden Brüder gegeneinander ausspielen will.

RICHARD
Denn eine Weissagung, die sagt, dass G
Als Kürzung für den Mörder Edwards steh.

FORREST
Was?

DIGHTON
Eine Prophezeiung, die was besagt...

FORREST
Die was besagt?

DIGHTON
Die Prophezeiung besagt was, und zwar, dass jemand... dessen Name mit G beginnt...

FORREST
Und wer ist der G?

DIGHTON
Am Anfang ist das G.

FORREST
Nein, am Anfang ist das A.

DIGHTON
Dass jemand, dessen Name mit G beginnt, der G also, ein gewisser G der Mörder vom König und aller seiner Nachkommen sein wird. Das besagt die Prophezeiung.

FORREST
Geh... Und wer genau ist der G?

RICHARD
Jetzt reicht's.

–

CLARENCE, LORD BUCKINGHAM und eine York-Wache treten auf. CLARENCE trägt die Hände in Ketten.

DIGHTON

Your Grace. Da geht jemand!

RICHARD

Clarence, mein Guter, Gott zum Gruß!
Lord Buckingham! Was soll die Wache hier bei meinem Bruder?

CLARENCE

Nun, seine Majestät hat mir,
Besorgt um meine Sicherheit
So ein Geleit erkor'n für meinen Weg zum Tower.

RICHARD

Aus welchem Grund?

CLARENCE

Ich heiße George.

RICHARD

Ihr heißt George!
Oh Gott, Mylord, das ist nicht Euer Fehler!
Er sollte Euren Paten drum verhaften.

DIGHTON

Er ist es!

FORREST

Aber Blödsinn. Er heißt George. Das fängt mit TSCH an!

CLARENCE

Er horcht auf Weissagungen und Träume,
Streicht aus dem Alphabet den Buchstab' G
Und spricht: „Ein Magier sagt ihm, dass durch G
Enterbung über seinen Stamm ergeh'."
Und weil mein Name George anfängt mit G
Ich nun in Ketten in den Tower geh!

FORREST

Jetzt reimt es sich auch noch!

–

RICHARD möchte CLARENCE umarmen. BUCKINGHAM stellt sich in den Weg.

–

LORD BUCKINGHAM

Ich bitte Euer Gnaden beide, zu verzeihen,
Mir gab der König strikt Befehl,
Dass niemand, welchen Standes er auch sei,
Sprechen darf auch nur ein Wort mit seinem Bruder.

RICHARD

So geht's, wenn Weiber einen Mann regieren!
Es ist Edward nicht, der dich zum Tower schickt.
Sein Weib Elizabeth treibt ihn zu diesem Äußersten!

Ich werd' zum König gehn,
Und was auch immer dir die Freiheit schenkt,
Und müsst ich Margret, diese Schlange,
Auch Schwester nennen – ich tät's, dich zu befreien.

FORREST

Das ist eine falsche Sau – der hat doch selber dafür gesorgt, dass er in den Tower kommt.

RICHARD *(umarmt CLARENCE)*

Vertrau auf mich, ich hol dich aus dem Tower.
Wenn nicht, will selbst ich dort gefangen sein!
Indessen habt Geduld, mein Bruder!

CLARENCE

Was bleibt mir sonst. Ich geh!

–

CLARENCE, LORD BUCKINGHAM und die YORK-WACHE ab.

–

FORREST

Ah, er ist der G! Hast du das gehört? Er hat gesagt, ich G. Das ist der G.

RICHARD

Wer mir im Weg steht, muss beseitigt werden! Wir fangen bei meinem Bruder, dem Herzog von Clarence, an.

–

RICHARD stößt DIGHTON zu Boden und zieht ein Schriftstück sowie eine Feder aus seiner Jacke. Er beginnt, auf DIGHTONS Rücken zu schreiben. FORREST hält ihm dabei das Pergament.

–

RICHARD

Hier, dieses Schriftstück werdet ihr brauchen, damit ihr zu ihm gelassen werdet. Morgen Nacht soll es passieren. Es soll so aussehen, als wäre ihm etwas zugestoßen.

–

RICHARD stößt brutal die Feder in DIGHTONS Kreuz und übergibt ihnen Pergament und Feder. DIGHTON kommt wieder auf die Beine.

–

FORREST

Ah, ist ihm was zugestoßen? Und was sollen wir da genau machen?

RICHARD

Zustoßen.

–

DIGHTON und FORREST sehen einander fassungslos an.

–

DIGHTON

Aha. Wir sollen den Herzog...

RICHARD
Töten. Ja!
FORREST
Ja... sehr gerne, machen wir, selbstverständlich.
Und wie genau soll es passieren?
RICHARD
Mit einem Stich ins Herz. *(Gibt FORREST einen Dolch.)* Und dann ertränkt ihn in einem Weinfass. Ich habe ihm eines in den Tower schicken lassen als Geschenk von mir, seinem liebenden Bruder. Könnt ihr das?
FORREST
Jawohl, Your Grace, das können wir.

–

DIGHTON schüttelt den Kopf.

–

RICHARD
Doch seid mir schleunig bei der Ausführung,
Zugleich verhärtet euch, hört ihn nicht an;
Denn Clarence ist beredt und kann vielleicht
Das Herz euch rühren, wenn ihr ihn beachtet.
FORREST
Pah, Your Grace! Wir schwatzen nicht erst lang;
Wer Worte macht, tut wenig: seid versichert,
Die Hände brauchen wir und nicht die Zungen.

–

RICHARD ab.

–

DIGHTON
Ich hab dich jetzt nicht verstanden!
FORREST
Ich glaube, ich habe gesagt:
Jetzt scheiß dir nichts – wir sind jetzt Auftragskiller.
Ich finde, wir sollten, bevor wir den Herzog töten,
zu den Huren gehen.
DIGHTON
Nein. Wir töten den Herzog nicht.
Und zu den Huren gehen wir auch nicht.
FORREST
Oh ja, gehen wir zu den Huren!
Wir wollen uns doch nur ein bisschen vergnügen.
DIGHTON
Mit was für einem Geld möchtest du das bezahlen?
Du hast alles an mich verloren.

FORREST

Du bist sicher so nett und lädst mich ein.

DIGHTON

Ja. Aber nicht zu den Huren, sondern in eine anständige Schenke.

–

FORREST und DIGHTON ab.

[5. SZENE]

Schenke in Southwark, südlich der Themse. ROSALINDE und ROSAMUNDE säubern Tische, Stühle und Becher. Der KÜCHENJUNGE wischt den Boden. An einem Tisch schläft WEYMOUTH seinen Rausch aus.

–

ROSAMUNDE

Ach wär ich doch bloß wie du, Schwester. Ich könnte mich niemals mit einem Mann einlassen, den ich nicht liebe.

ROSALINDE

Liebe! Pah! Die Liebe ist eine Krankheit, Schwester. Sie macht verrückt, lässt das Herz höher schlagen und bringt nur Fieber. Die Augen werden blind für das wahre Wesen der Welt. Und sie lässt einen Dinge machen, die man später nur bereut.

ROSAMUNDE

Aber sie ist wunderschön, sagt man.

ROSALINDE

Vielleicht solltest du lieber deinen Körper in Liebesdingen schulen als dein Herz verlieren.

ROSAMUNDE

Ich könnte unserem Vater niemals in die Augen sehen, wenn ich so wie du eine Hure wäre.

ROSALINDE

Vater ahnt doch nichts davon.

–

Der WIRT tritt auf.

–

WIRT

Rosalinde, Rosamunde, die Rosenkriege sind zu Ende. Heute bekommen die Soldaten ihren Sold. Und die, die noch am Leben sind, saufen sich bei uns zu Tode.

FORREST und DIGHTON treten auf.

–

WIRT *(zu FORREST und DIGHTON)*

Ah! Heiliger Falstaff.
Die beiden Herren sehen ja ganz verhungert aus!

FORREST

Der Mann ist mir sympathisch. Komm, wir essen eine Kleinigkeit. *(Sie setzen sich.)* Sagen Sie, Herr Wirt, was gibt es denn Gutes?

WIRT

Küchenjunge, sag: Was gibt es?

KÜCHENJUNGE

Als Vorspeise gibt es Rattenschwänze im eigenen Saft oder Rattenhirn mit Ei. Dann haben wir ein Rattenragout mit knusprigen Rattenfüßchen oder mit Rattenfleisch gefüllte Ratten oder Ratten in Rattensuppe mit gebackenen Ratten oder Ratten in Rattensoße, gebratene Rattenleber und die Spezialität des Hauses: Rattensoufflé.

FORREST

Lassen Sie mich raten. Es gibt nur Ratten!

KÜCHENJUNGE

Erraten.

WIRT

Also, was darf ich bringen?

DIGHTON

Danke. Wir überlegen noch.

–

Der WIRT ab.

–

ROSALINDE

Da! An den beiden Deppen kannst du ein wenig üben.

ROSAMUNDE

Meinst du?

ROSALINDE

Los – schnapp dir einen.

–

ROSAMUNDE tritt zu FORRESTS und DIGHTONS Tisch.

–

ROSAMUNDE

Was darf es sein?

DIGHTON

Zwei Bier!

FORREST

Ja. Ich auch.

ROSAMUNDE
Sonst noch etwas?
DIGHTON
Nein, danke!

–

ROSAMUNDE geht wieder zu ROSALINDE.
Der KÜCHENJUNGE ab.

–

ROSAMUNDE
Ich kann das nicht.
ROSALINDE
Komm mit. Ich zeig dir, wie das geht.
ROSAMUNDE
Nein! Ich muss ihnen doch das Bier bringen!

–

ROSALINDE räkelt sich lasziv am Mobiliar und flirtet mit FORREST.

–

DIGHTON
William, wir müssen über unsere Zukunft reden! Wir können doch keine Mörder werden! Am besten, wir verlassen das Land mit dem nächsten Schiff nach Frankreich!
FORREST
Da! Schau! Das ist eine...
DIGHTON
Ich kann es mit meinem Gewissen nicht vereinbaren, für dieses Monster zu arbeiten.
FORREST *(beobachtet, wie ROSALINDE sich bückt)*
Natürlich, das ist eine! Wie wunderbar! Hurra! Es sind Huren da! Das Leben hat wieder einen Sinn!
DIGHTON
Kannst du dich bitte auf unser Gespräch konzentrieren?
FORREST
Sehr gerne, worum geht es?

–

ROSALINDE tanzt durch den Raum.

–

DIGHTON
Ob wir für Richard arbeiten sollen oder nicht.
FORREST *(fasziniert ROSALINDE inspizierend)*
Jaja, sehr gerne. Für wen?
DIGHTON
Für Richard.

FORREST

Ja, machen wir. Wer ist Richard?

DIGHTON

Ach Gott!!

FORREST

Herrlich! Das ist garantiert eine. Die Huren sind in letzter Zeit überall. Auf den Märkten, bei den Badern. Stell dir vor: Bei den Badern! Da kann man bei den Badern in den Bädern pudern.

–

ROSALINDE kommt an ihren Tisch. ROSAMUNDE tritt mit vier Krügen Bier in der Hand auf.

–

FORREST

Sie kommt her... Benimm dich! Furz nicht schon wieder.

ROSALINDE

Hallo!

FORREST

Hallo!

ROSALINDE

Ich bin Rosalinde!

FORREST *(mit Blick in ROSALINDES Dekolleté)*

Was für zwei wunderschöne Namen!

–

ROSAMUNDE tritt an den Tisch und stellt vier Krüge ab.

–

ROSAMUNDE

Vier Bier!

ROSALINDE

Und das ist meine Schwester Rosamunde.

ROSAMUNDE

Sehr erfreut.

–

ROSAMUNDE will gehen, ROSALINDE hält sie zurück.

–

DIGHTON

Danke für das Bier – Sie können wieder gehen.

ROSALINDE

Na, ihr zwei, wollt ihr ordentlich feiern?

FORREST

Natürlich wollen wir feiern, keine Frage! *(zu DIGHTON)* Hör zu, ich hab einen Plan. Du nimmst die eine und ich nehme die andere.

DIGHTON
Nein!
FORREST
Soll ich beide nehmen?
DIGHTON
Nein! Man muss nicht feiern.
Man kann auch beten und Gott für Frieden danken.
FORREST
Du bist ja pervers.
ROSALINDE
Dürfen wir uns dazusetzen?
FORREST
Aber natürlich!

–

ROSALINDE setzt sich auf FORRESTS Schoß.

–

ROSAMUNDE *(zu DIGHTON)*
Ihr wollt wirklich beten und Gott für den Frieden danken?

–

DIGHTON nickt.

–

ROSALINDE
Obst ist gesund. Ihr könnt euch meine Pflaume teilen.
FORREST
Wie herrlich. Ich liebe Pflaumen, vor allem diese herrlichen, frischen, süßen Pflaumen, wo man das Fruchtfleisch im Mund spürt und den Saft.
ROSALINDE
Was ist denn Eure Profession?
FORREST
Ich verstehe mich sehr gut aufs Schustern.
ROSALINDE
Ein Schuster... so, so... Ich hätte lieber einen Adeligen.
FORREST
Das trifft sich gut. Ich bin zwar nicht von Adel, also nicht direkt, auch nicht indirekt... aber ich arbeite für den Herzog von Gloucester.
ROSALINDE
Für Richard?
FORREST
Ja, ich bin einer seiner wichtigsten Männer. Ich kann einiges für Euch tun, wenn Ihr wollt. Ich kann Euch an den Hof verhelfen.

ROSALINDE

Dann ist ja euer Geldbeutel sicher so dick wie euer Bauch?

FORREST

Äh, naja... da könnten wir leichte Probleme kriegen... einen Moment, bitte! *(zu DIGHTON)* Frederick! Das Geld bitte, borg mir das Geld, das ich an dich verloren habe.

DIGHTON *(hält seinen Geldbeutel demonstrativ hoch)*

William, diese Münzen sind unsere Freiheit und unsere Zukunft in Frankreich.

–

WEYMOUTH fällt plötzlich vom Stuhl.

–

WEYMOUTH

Ahhh!

FORREST

Na, das gibt's jetzt aber nicht. Das darf nicht wahr sein. Das ist doch... Jonathan Weymouth!

WEYMOUTH *(sich hochrappelnd)*

William Forrest! Der Schuster aus Aylesbury. Das gibt es ja nicht!

FORREST

Jonathan Weymouth, mein Nachbar, der Hufschmied. Er hat einen sehr großen Hammer...

–

Plötzlich stürzt WEYMOUTH auf FORREST zu und packt ihn am Kragen. ROSALINDE springt auf.

–

WEYMOUTH

Hab ich dich endlich – du Verbrecher!

DIGHTON *(springt auf)*

Was wollt Ihr von meinem Freund?

WEYMOUTH

Er ist mir 2 Pfund, 73 Shilling und 15 Pence schuldig.

DIGHTON

Ihr könnt ihn nicht belangen. Er hat alles verloren. Sein Haus ist abgebrannt. Seine Kinder! Seine Frau ist abgebrannt.

–

WEYMOUTH lässt von FORREST ab und bedroht nun DIGHTON, nimmt ihn am Kragen.

–

WEYMOUTH

Was soll der Schwachsinn? Seiner Frau geht es gut. Die ist nicht abgebrannt, die ist durchgebrannt! Und zwar mit meinem Bruder! Was den sauberen Herrn Schuster so in Rage versetzt hat, dass er in meinem Haus den halben Hausrat zerschlagen hat – und zwar im Wert von 2 Pfund, 73 Shilling und 15 Pence.

WEYMOUTH *(zu FORREST)*

Entweder du begleichst deine Schuld oder ich lass dich in den Kerker werfen.

–

DIGHTON gibt WEYMOUTH seinen Geldbeutel.

–

DIGHTON

Da. Ich begleiche die Schuld meines Freundes. Ich hoffe, es genügt.

WEYMOUTH

Danke. Ich lass deine Frau schön grüßen und geh mir jetzt eine Pflaume kaufen.

–

WEYMOUTH ab.

–

ROSALINDE

Tja, mein Freund, ohne Geld keine Pflaumen. Schönen Abend noch. Komm, Rosamunde, wir gehen.

–

ROSALINDE und ROSAMUNDE ab.

–

DIGHTON

Forrest! Wieso hast du mich angelogen?

FORREST

Frederick, ich hab dich nicht angelogen – ich hab's verwechselt. Ich hab abgebrannt und durchgebrannt verwechselt.

DIGHTON

Musstest du dem den ganzen Hausrat kaputtschlagen?

FORREST

Es tut mir leid, Frederick. Ich konnte es dir nicht erzählt, weil ich mich schäme dafür, dass sie weg ist. Von heut auf morgen. Einfach so. Sie hat ihre sieben Sachen gepackt, ist über die sieben Berge – und ich sehe sie nie wieder, meine sieben Zwerge.

DIGHTON

Wie lange ward ihr verheiratet?

FORREST

Zwei Wochen.

DIGHTON

Das geht sich doch mit sieben Kindern gar nicht aus.

FORREST

Die waren von ihrem ersten Mann. Den hat sie von heute auf morgen verlassen, weil sie mich so sehr geliebt hat.

DIGHTON

Du Arschloch! Wir haben jetzt keinen Pence mehr, um unsere Zeche zu bezahlen. Und die Überfahrt nach Frankreich können wir uns auch nicht mehr leisten. Jetzt müssen wir für diesen Richard arbeiten!

–

FORREST und DIGHTON ab.

[6. SZENE]

Im Tower. Die Gefängniszelle des HERZOG VON CLARENCE.
Er schläft auf einem Strohsack am Boden. In der Ecke steht ein Weinfass mit zwei Bechern und einer Laterne darauf. In der Bühnenmitte klafft das offene Loch der Latrine, daraus steigt leichter Nebel. LORD BRAKENBURY tritt mit FORREST und DIGHTON auf. Er hat ein Schriftstück und einen Schlüsselbund in der Hand.

–

LORD BRAKENBURY

Ich werde hier befehligt, Euren Händen
Den edlen Herzog Clarence auszuliefern.
Ich will nicht grübeln, was hiermit gemeint ist,
ich will an dieser Sache schuldlos sein.
Hier ist der Schlüssel, drüben schläft der Herzog.
Doch ich will zum König, um ihm kundzutun,
Dass ich mein Amt so an euch abgetreten.

DIGHTON

Passt! Lebt wohl!

–

BRAKENBURY ab. DIGHTON reicht FORREST den Schlüssel.

–

DIGHTON

Und?

FORREST

Was und?

DIGHTON

Sollen wir den jetzt einfach so im Schlaf abstechen?

FORREST

Ja. Nein, das geht nicht, Frederick. Wenn wir ihn im Schlaf abstechen, wird er aufwachen und sagen, dass wir feige Mörder sind.

DIGHTON
Wenn wir ihn im Schlaf abstechen, wacht er beim Jüngsten Gericht wieder auf.
FORREST
Ja, und stell dir vor, er sagt dort, dass wir feige Mörder sind.
DIGHTON
Das macht mir ein schlechtes Gewissen.
FORREST
Hast du Angst?
DIGHTON
Nicht vor dem Umbringen selber, aber davor, dass wir uns irgendwann dafür verantworten müssen beim Jüngsten Gericht.
FORREST
Wir haben uns dazu entschlossen.
DIGHTON
Du hast dich dazu entschlossen.
FORREST
Also gut, ich habe mich dazu entschlossen, und dann haben wir uns entschlossen, dass auch du dich dazu entschließen wirst. Also, hast du dich dazu entschlossen?
DIGHTON
Ja...
FORREST
Gut.
DIGHTON
... ihn am Leben zu lassen.
Er kann doch nichts dafür, dass sein Bruder ein Arschloch ist.
FORREST
Frederick. Und die Belohnung? Das Geld? Unsere Zukunft?
DIGHTON
Gib mir das Messer.
FORREST *(gibt ihm den Dolch)*
Ja, sehr gut.
DIGHTON *(nimmt ihn und geht entschlossen zum schlafenden CLARENCE)*
Wir stecken ihn einfach rein. Ist ja nichts dabei. *(unsicher)* Wie war die Reihenfolge?
FORREST *(nimmt DIGHTON den Dolch aus der Hand)*
Mein Gott, das ist doch nicht so schwer. Gib her. Wir sollen ihm einfach ins Herz stechen, was nicht geht, weil er am Bauch liegt.

–

CLARENCE dreht sich um.

DIGHTON

Jetzt dreht er sich. Jetzt geht's.

FORREST

Wieso?

DIGHTON

Weil er sich dreht.

FORREST

Ah, er hat sich gedreht. Ah, schau, jetzt hat er sich gedreht.
Ah, jetzt geht's. Siehst du's. Gut. *(Gibt DIGHTON das Messer.)* Hier.

DIGHTON

Nein, du hast's grad.

FORREST

Ah, ich hab's grad. Ja. Ja, ja, wir machen's. Hör zu, jetzt bin ich durcheinander. Wie ist die Reihenfolge? Zuerst ins Herz stechen und dann?

DIGHTON

Und dann in einem Weinfass ertränken.

FORREST

Ertränken. In dem? *(Deutet auf das Weinfass.)*

DIGHTON

Ja, es ist ja sonst kein anderes da.

–

FORREST setzt zum Zustechen an, hält aber inne.

–

FORREST

Du, und wenn wir vorher ein Schluckerl Wein... zum Mut antrinken?

DIGHTON

Gute Idee!

–

Sie gehen zum Weinfass, öffnen es, füllen die Becher und trinken.

–

FORREST

Man sticht leichter wen ab, wenn man vorher etwas getrunken hat.

FORREST

Nichts.

DIGHTON

Nein, noch gar nichts.

–

Sie füllen noch einmal auf und trinken.

–

FORREST

Der ist aber sehr gut, der Wein!

–

Sie fassen ein drittes Mal nach und trinken. Werden langsam betrunken.

DIGHTON

Hast du denn überhaupt kein Gewissen?

FORREST

Ach. Natürlich habe ich ein Gewissen, aber das kann mir gestohlen bleiben. Das schlechte Gewissen kastriert uns Männer nur. Man kann kein Dieb sein, ohne dass es draufschlägt. Man kann nicht fluchen, ohne dass es einem den Hals zuschnürt. Man kann nicht mit der Frau des Nachbarn ins Bett gehen, ohne dass das schlechte Gewissen mit ins Bett kriecht.

FORREST

Prost!

DIGHTON

Prost!

FORREST *(beäugt seinen Becher)*

Frederick, wir müssen ihn gar nicht abstechen, wir hauen ihm mit dem einfach eine auf den Hinterkopf. Dann ist er bewusstlos und wir stecken ihn ins rein Wein, brrr, ins Wein fein, brrr... wir hauen ihn ins Fass rein.

DIGHTON *(geht zu CLARENCE)*

Na, jetzt hau ihm eine auf den Hinterkopf.

FORREST

Du, es geht nicht, jetzt liegt er am Rücken! Das ist ein Trottel, der liegt immer falsch.

–

CLARENCE dreht sich wieder um.

–

DIGHTON

Jetzt gib ihm a Gnackwatsche!

FORREST

Jawohl, Frederick.

–

CLARENCE wacht auf.

–

CLARENCE

Wärter, bringe Wein!

FORREST

Er ist aufgewacht. Er ist aufgewacht. Er ist aufgewacht.

CLARENCE *(erschrocken)*

Was seid ihr?

DIGHTON

Wir sind Menschen, so wie Ihr auch.

CLARENCE

Doch nicht wie ich hochwohlgeboren?

FORREST

Nein, wir sind nicht hochwohlgeboren wie Ihr. Aber Ihr seid auch nicht mehr lange hochwohlgeboren. Ihr seid bald hochwohlgestorben.

CLARENCE

Wer hat euch hergeschickt, um was zu tun?

DIGHTON

Naja... um... um...

FORREST

Um...

CLARENCE *(steht auf)*

Mich umzubringen?

FORREST

Nein, nein, nein!

DIGHTON

Doch, doch, doch!

CLARENCE

Ihr habt mir das zu sagen kaum das Herz,
Und könnt drum es zu tun das Herz nicht haben.
Was, Freunde, hab ich euch je angetan?

DIGHTON

Uns direkt nichts – aber Eurem Bruder. Prost!

CLARENCE

Und was ist mein Vergehen?
Wo ist das Zeugnis, welches mich verklagt?
Was für Geschwor'ne gaben ihr Gutachten
Dem finstern Richter ein? Den bittern Spruch,
Wer fällt' ihn zu des armen Clarence' Tod?

FORREST

Frederick, das gibt's nicht. Wenn man angesoffen ist, versteht man es auf einmal!

CLARENCE

Ich sag euch, wo ihr hofft auf Vergebung
Durch Christi teures Blut, für uns vergossen:
Begebt euch weg und legt nicht Hand an mich!
Die Tat, die ihr im Sinn habt, ist verdammlich.

FORREST *(betroffen)*

Da hat er Recht. Man darf keinen Menschen töten.

DIGHTON

Komm! Wir sagen ihm im Namen Gottes Gisti... Gottes Gisti... Willen die Wahrheit!

FORREST

Ja, wir sagen ihm im Namen Jesu Christi die Wahrheit. Your Grace, lieber Herzog von Clarence, Euer Bruder ist ein Schurke.

CLARENCE
Ihr sprecht vom König?

FORREST
Nein! Nicht vom König, der König ist super... Ich spreche von dem anderen, dem schirchen, buckligen Hund.

CLARENCE *(erzürnt)*
Wie redet ihr von einem Herzog!

FORREST
Naja! Mr. Universum ist er nicht.

DIGHTON
Pass auf, was du sagst! Bitte, Euer Holbochgeworen... Euer Golwochheboren... Euer Bohrhochgewohlen... na, was hab ich denn?

FORREST
Euer Lorchgobewohlen!!!

DIGHTON
Euer Horchbogenwollen!

CLARENCE
Was ist mit euch?!

DIGHTON
Ang'soffen samma!

DIGHTON
Euer Holwoch... Wochhol... Allerwertester!

FORREST
Jetzt hast Arsch zum ihm gesagt!

DIGHTON
Wir müssen uns tausendmal bei Ihnen entschuldigen, aber wir müssen Sie ins Jenseits beförderern.

FORREST
Wir haben nämlich den Auftrag nicht von Eurem Bruder...

CLARENCE
Sondern?

FORREST
Von Eurem Bruder.

CLARENCE
Ihr redet wirr.

FORREST
Ja, und schlecht ist mir auch.

CLARENCE
Freunde, seid ihr nur um Lohn gedungen? So
Sag ich euch, kehrt um. Denn doppelt dem,
Was Edward euch für meinen Tod, für mein Leben
Wird euch lohnen mein geliebter Bruder,
Richard von Gloucester.

FORREST

Nein, um Gottes Willen. Es ist genau umgekehrt. Bitte, Herzog von Clarence, das ist ja genau der Falsche. Es ist ja der Gloucester – Bruder der Schuldige! Der versteht mich nicht. Bitte, lieber Herzog von Clarence, der Herzog von Gloucester, Euch erstechen lasst er! Weil der nämlich eine Arschwarze ist.

CLARENCE

Eine was?

FORREST

Eine Arschwarze. Ja! Das werden Euer Hochwohlgebor'n nicht kennen, weil ihr reichen Leute, ihr sitzt immer mit dem Hintern auf den weichen Samtkissen. Aber wir einfachen Leute haben das Geld nicht, dass wir uns das leisten können. Wir sitzen unser Leben lang auf diesen kalten Steinbänken. Und davon kriegen wir diese Arschwarzen. Verstehen Sie? Diese kleinen, roten... kennen Sie die nicht? Der schaut nur deppat... Direkt beim Tunnel.
Der Tunnelwächter quasi. Und sowas ist Euer Bruder.
Der Richard, der will unbedingt König werden.

CLARENCE

Mein Bruder? Richard? Wenn Ihr nun durch Weingenuss im Überfluss die Wahrheit sagen müsst...

FORREST

Naja, Überfluss...

CLARENCE

... so werde ich dem König davon berichten und den Machenschaften Richards, der Arschwarze...

FORREST

Jetzt hat er es verstanden!

CLARENCE

... ein Ende setzen. Und euch beide, meine Freunde, euch werde ich reichlich belohnen.

FORREST

Lieber Herzog Clarence, wir gehen in Eure Dienste ab sofort.
Und wenn Ihr ein Problem mit Eurem Bruder habt, wir gehen hin und klären's!

CLARENCE

Ich danke euch! Ihr seid gute Menschen, meine Tunnelwächter!
Wir müssen nur noch einen Weg finden, aus dem Tower auszubrechen.

FORREST

Das wäre schade. Wir haben noch so viel Wein.

CLARENCE
Bei St. Paul, ich habe solchen Hunger... ich kann kaum denken...
DIGHTON
Your Grace, ich hab da ein Stückerl Brot, es ist zwar schon hart, aber dafür ist es lauwarm...

–

DIGHTON gibt CLARENCE ein Stück Brot, das er aus seiner Hosentasche nimmt.

–

CLARENCE
Ich danke euch... Ihr seid gute Menschen...
Seid euch eures Lohns gewiss.

–

DIGHTON und FORREST schenken sich nach und trinken. CLARENCE verkutzt sich am Brot und hustet heftig.

–

FORREST *(vom Hust-Geräusch irritiert)*
Du, ich glaub, da ist eine Krähe herinnen. *(CLARENCE hustet.)*
Was ist denn das für ein Geräusch? Das bist du, hör auf zum Furzen.
DIGHTON
Ich habe nicht gefurzt.
FORREST
Ich hör doch, dass du furzt.
DIGHTON
Ich habe nicht gefurzt!!
FORREST
Pst, du kannst nicht im Angesicht des Clarence Herzog...
Jetzt müssen wir uns beim Herzog entschuldigen.

–

CLARENCE stirbt den Erstickungstod. FORREST und DIGHTON stolpern betrunken auf seine Leiche zu.

–

DIGHTON
Herr Herzog, ich habe nicht gefurzt.

–

CLARENCE rührt sich nicht.

–

FORREST
Frederick, der ist tot. Du bist schuld, jetzt ist er erstunken!!
DIGHTON
William! Gott, der Herr hat uns erhört! William!!! Wir haben unseren Auftrag erfüllt. Der Herzog ist tot. Aber wir haben ihn nicht umgebracht. Unsere Seelen sind frei von Schuld.

FORREST
Wir sind keine Mörder! Ja, das ist gut – danke, lieber Clarence! Du, wir gehen sofort zu Richard und sagen ihm, dass wir den Clarence erstochen haben. Er soll uns gleich auszahlen.

DIGHTON
Scheiße!

FORREST
Was ist?

DIGHTON
Er hat keine Stichwunden...

FORREST
Ja, aber er ist tot!

DIGHTON
Man wird uns nicht glauben, dass wir ihn nicht abgestochen haben.

FORREST
Und trotzdem ist er tot.

DIGHTON
Wir müssen ihm Stichwunden beibringen.

FORREST
Der ist tot. Dem kann man gar nichts mehr beibringen.

DIGHTON
Jetzt nimm dein Messer und stich zu.

FORREST
Wieso? Der ist eh schon tot.

DIGHTON
Wenn du noch einmal tot sagst, bring ich dich um.

FORREST
Ich kann nicht!

DIGHTON
Du hast als Kind Frösche gekreuzigt, also kannst du das hier auch.

FORREST
Na und? Na bitte, mir ist es egal! Bitte!

–

FORREST nimmt den Dolch, geht zur Leiche, nimmt deren Arm und schneidet ins Handgelenk.

–

FORREST
So!

DIGHTON
Was soll das?

FORREST
Ich hab ihm eine Stichwunde beigebracht.

DIGHTON

Das ist keine Stichwunde, das ist eine Schnittwunde!
Noch dazu am Handgelenk. Da glauben die Leute dann, er hat
sich selbst umgebracht, weil er traurig ist.

FORREST

Bin ich ein Chirurg? Außerdem ist es da so finster.
Wir müssen ihn zur Laterne rübertragen.

DIGHTON

Ja, hast recht, wir tragen ihn rüber.

–

DIGHTON nimmt die Leiche, FORREST zögert noch.

–

FORREST

Er rutscht mir weg! Er rutscht mir weg!

DIGHTON

Du greifst ihn ja noch gar nicht an.

–

Nun packt auch FORREST die Leiche.

–

FORREST

Na, Gott sei Dank. Ich hab schon gedacht, er rutscht mir weg.

–

Sie tragen CLARENCE ein Stück. Ausgerechnet über der Latrine verlieren sie ihn. Die Leiche des Herzogs fällt in die Latrine und verschwindet. DIGHTON fällt hin. Der Schauspieler des CLARENCE wird durch eine lebensechte Puppe ausgetauscht.

–

DIGHTON

William, pass doch auf!

FORREST

Frederick, die Strumpfhosen sind parfümiert.
Er hat Rosen in der Hosen.

FORREST

Er schwimmt in der Latrine. Aber schau, er schwimmt oben.
Hol ihn raus.

–

DIGHTON versucht, die Puppe wieder aus der Latrine zu fischen.

–

FORREST

Er rutscht mir weg.

–

DIGHTON holt nun die Puppe ganz heraus und setzt sie auf.

DIGHTON

Ich hab ihn ganz allein... Jetzt gib mir das Messer... Jetzt zeig ich dir, wie das geht! *(Er sticht der Puppe in die Brust.)*

Schau, was ist das?

FORREST

Jetzt steckt es drinnen.

DIGHTON

Genau. Es steckt drinnen. Und weißt du, was das bedeutet?

Das ist eine Stichwunde, keine Schnittwunde. Weil es drin steckt.

(Er bekommt das Messer nicht mehr aus dem Körper raus.)

Hilf mir. Ich krieg's nicht mehr raus. Du sollst mir helfen.

FORREST

Was bist denn du für ein Koch? Du kannst nicht einmal einen Herzog filetieren!

–

DIGHTON verletzt beim Herausziehen des Messers unabsichtlich FORREST an der Hand.

–

FORREST

Aua! Jetzt ist aber Schluss. Hör auf. Das ist ein gefährliches Messer. Es ist jetzt Schluss!

–

FORREST fuchtelt mit dem Dolch herum, versetzt der Puppe per Handstreich einen Schnitt, der Kopf springt vom Hals und fällt in die Latrine.

–

FORREST

Frederick, wir dürfen jetzt nicht den Kopf verlieren!

–

Beide ab.

DRITTER AKT

[1. SZENE]

Straße in London. Auftritt RICHARD. DIGHTON und FOREST stehen am Pranger.

–

RICHARD
Hier auf diesem Platz werdet ihr eure Strafe antreten!
FORREST
Hier? Aber Your Grace, da sieht uns ja jeder.
RICHARD
Das ist auch der Sinn des Prangers. Dass alle Welt die Schande sieht.
FORREST
Aber Your Grace, wir verstehen es nicht ganz: Warum sind wir denn am Pranger? Wir haben doch Euren Bruder nur umgebracht, weil Ihr es so befohlen habt?! Das war ein Auftragsmord!!!
RICHARD
Nicht deswegen, dafür werde ich euch reich belohnen.
DIGHTON
Ja, aber warum sind wir dann am Pranger?
RICHARD
Weil ihr einem Adeligen Wein gestohlen habt! Darauf stehen nun mal drei Tage Pranger. Ein ganzes Fass Wein – wie, bitte, kann man ein ganzes Fass Wein austrinken?
FORREST
Naja, das geht schon. Man muss halt üben, üben, üben, Your Grace!
RICHARD
Die größten Idioten, die ich jemals getroffen habe.
(ruft) Lord Buckingham!

–

RICHARD ab.

–

FORREST
Arschgesicht! Undankbarer Fratz, er ist ein undankbarer Fratz. Wir bringen in seinem Auftrag seinen Bruder um und landen am Pranger?! Warum will er überhaupt König werden?
DIGHTON
Weil er von Gottes Gnaden dazu auserwählt wurde.
FORREST
Das ist ja ein Blödsinn. Wer sagt das?
DIGHTON
Das Gesetz.

FORREST

Was für ein Gesetz?

DIGHTON

Die göttliche Hierarchie.

FORREST

Was, es gibt eine göttliche Hierarchie?

DIGHTON

Schau: Ganz oben ist Gott, der Herr mit Jesus Christus, seinem Sohn und dem Heiligen Geist – gleich drunter kommen ein paar Engerl, dann kommt schon der König, dann der Adel, dann der Klerus, die Handwerker, dann die Händler, dann die Steuereintreiber, dann die Huren und dann die Leibeigenen.

FORREST

Aha. Und wann kommen wir?

DIGHTON

Gar nicht.

FORREST

Wir kommen gar nicht? Und warum?

DIGHTON

Weil wir am Pranger stehen.

FORREST

Und warum stehen wir hier?

DIGHTON

Weil du schuld bist.

FORREST

Ich bin schuld?? Nein, weil du so viel gesoffen hast! Ich habe fast nichts getrunken. Ich habe nur ein bisschen gekostet. So eine Scheiße! Und die Belohnungen, die er uns versprochen hat, haben wir auch noch nicht bekommen. Immer: „Ich werd euch belohnen, belohnen..." Nichts hat er uns ausbezahlt! Wie viel schuldet er uns überhaupt bis jetzt?

DIGHTON

Ja. Hör zu, wir müssen uns das jetzt aufschreiben, damit wir das nicht vergessen. Ich habe hinten in meiner Hosentasche ein Stück Pergament.

–

FORREST holt umständlich das Pergament aus DIGHTONS Hose.

–

FORREST

Ich komme nicht dazu.

DIGHTON

Was heißt, du kommst nicht dazu? Wir stehen doch jetzt die ganze Zeit herum. Da wirst doch dazukommen?

FORREST
Nicht zeitlich! Ich meine, dass ich mit der Hand nicht dazukomme!
DIGHTON
Dann mach es mit den Zähnen.

–

FORREST zieht es mit dem Mund heraus.

–

FORREST
Ja, gut... Ich habe eine Idee! Wir machen... *(nuschelt)*
DIGHTON
Ich versteh dich nicht. *(Zieht FORREST das Pergament aus dem Mund.)*
FORREST
Dann hör zu! Wir ritzen mit unseren Nägeln Kerben ins Pergament. Eine Kerbe für jede Belohnung, die er uns schuldig ist...
DIGHTON
Du hältst das Pergament und ich ritze.
FORREST
Ja, ich halte!

–

DIGHTON schiebt FORREST das Pergament in den Mund.

–

DIGHTON
Also. Eine Kerbe für jede Belohnung. Eine Kerbe für das Aufstecken des Kopfes von dem jungen Prince of Wales. Einmal eine Kerbe für die Entsorgung der Leiche des alten Königs Heinrich und eine Kerbe für den Herzog von Clarence.
FORREST
Zwei! Mach zwei Kerben.
DIGHTON
Wieso?
FORREST
Ja, weil das der Preis für einen Auftragsmord ist. Zwei Kerben.
DIGHTON
Also gut!
FORREST
Und? Wie viel schuldet er uns insgesamt?
DIGHTON
Also.... äh... kannst du zählen?
FORREST
Du gehst mir manchmal... Nein. Natürlich kann ich nicht zählen. Wie soll ich auf einmal zählen können? Du?

DIGHTON

Nein. Wir sind doch gemeinsam nie in die Schule gegangen.

FORREST

Ja, eben!

DIGHTON

Ich hab mir das Zählen selber beigebracht.

FORREST

Ah, der Herr Gscheit! Und wie zählt man?

DIGHTON

Langsam, damit man sich nicht verzählt... Jetzt halte wieder!

–

Er „zählt" die Kerben.

–

DIGHTON

Eins, zwei, mehrere, noch welche, viele, sehr viele.
Da haben wir's, er schuldet uns sehr viele Belohnungen.

–

Zettel fällt runter, DIGHTON geht auf die Knie, um den Zettel aufzuheben, kippt, am Boden kniend, plötzlich nach vorn.

–

DIGHTON

Ich habe plötzlich Übergewicht bekommen...

FORREST

Na, ich glaube nicht, dass das plötzlich war.

DIGHTON

Jetzt hilf mir hoch!

FORREST

Ja, warte, ich helfe dir!

–

FORREST nimmt die Hände aus dem Pranger und hilft DIGHTON hoch.

–

DIGHTON *(verwundert)*

Und steck mir lieber das Pergament wieder hinten rein.
Du verlierst es doch nur.

FORREST

Mein Gott, ja!

–

FORREST kniet sich wieder vor DIGHTON hin und steckt ihm das Pergament in die Hosentasche vorne.
ROSALINDE und ROSAMUNDE treten auf.

–

ROSAMUNDE

Ich find ihn zuckersüß. Er ist so anständig und betet viel.

ROSALINDE

Ach!

ROSAMUNDE

Er ist ein Geistlicher, hat er gesagt.

ROSALINDE

Bleib mir mit den Geistlichen vom Leib. Das sind die Schlimmsten.

–

FORREST taumelt im Knien gegen DIGHTONS Hosenbeine. ROSALINDE und ROSAMUNDE sehen, wie FORREST vor DIGHTON kniet und an seiner Hose herumfummelt.

–

DIGHTON

Jetzt mach schon!

ROSALINDE

Na, was hab ich dir gesagt.

FORREST

Er ist zu groß. Ich krieg ihn nicht rein.

DIGHTON

Nimm ihn in den Mund.

FORREST

Ich hab ihn doch schon im Mund – aber er ist so groß, dass ich ihn nicht ganz hinein kriege.

DIGHTON

Dann steck ihn mir hinten rein.

ROSALINDE

Na, ihr habt ja auch ohne uns Frauen Spaß.

–

DIGHTON und FORREST bemerken ROSALINDE und ROSAMUNDE.

–

DIGHTON

Hallo!

FORREST

Oh. *(Steht auf, zu ROSALINDE.)*
Hallo! *(Dreht sich zu ROSAMUNDE.)*
Hallo!

ROSAMUNDE

Um Gottes Willen, warum seid ihr am Pranger?

DIGHTON

Wir haben Wein gestohlen.

FORREST

Nein, haben wir nicht! Was sollen denn diese zwei wunderschönen Damen von uns denken?

ROSALINDE

Dass man euch zwei Gauner an den Pranger gestellt hat, weil ihr was ausgefressen habt.

FORREST

Ausgesoffen!

ROSALINDE

Ich dachte, ihr arbeitet für den Herzog von Gloucester?

FORREST

Ja! Das tun wir auch. Wir sind gerade – in dieser Sekunde – in seinem Auftrag unterwegs... also unterwegs... wir stehen hier gerade in seinem Auftrag herum, weil er uns befördert hat.

ROSAMUNDE

Tatsächlich!

DIGHTON

Und zu was hat er uns befördert?

FORREST

Pranger-Tester. Wir testen die neuen Pranger. Es gab so viele Beschwerden von den Verurteilten, dass die Pranger so unbequem sind. Jetzt hat man neue Pranger machen lassen... und die testen wir... Wir sind jetzt offizielle Pranger-Tester des englischen Hofes.

ROSALINDE *(geht zu FORREST)*

Dann müsst ihr ja ordentlich verdienen... *(Stellt ihren Korb ab.)*

FORREST

Ja, das tun wir. Ich wäre noch immer sehr an Eurer Pflaume interessiert!

ROSALINDE

Seid Ihr wirklich ein Geistlicher?

DIGHTON

Ja, ich bin Priester. Gewesen. Im Krieg bei den Truppen. Nicht wahr?

FORREST

Du warst Koch!

DIGHTON

Ja, auch. Ich hab Oblaten gebacken.

ROSAMUNDE

Ich würde gerne die Beichte ablegen.

DIGHTON

Ihr könnt alles ablegen, was ihr wollt.

ROSAMUNDE

Wollt Ihr denn gar nicht wissen, welche Sünde ich begangen habe?

DIGHTON

Doch, doch!

ROSAMUNDE
Ich habe versucht, Euch zu verführen.
DIGHTON
Ihr habt... das hab ich gar nicht bemerkt.
Lasset uns – beten! *(ROSAMUNDE geht auf Knie.)* Halleluja.

–

DIGHTON auf die Knie gehend, versucht, die Hände zu falten und imitiert dann die muslimische Gottesanbetung.

–

FORREST
Wie viel nehmt Ihr denn für zwei Birnen und eine Pflaume?
ROSALINDE
Ein halbes Pfund!
FORREST
Ui, die Obstpreise sind aber gestiegen.
ROSALINDE
Aber das könnt Ihr euch doch leisten. Ihr arbeitet doch für Richard.
FORREST
Jaja, natürlich. Ich bin nach wie vor einer seiner wichtigsten Männer.
ROSALINDE
Träum weiter! Armseliger Schuster... Der Herzog wird sich doch nicht mit so einem Nichts wie dir abgeben.
Einem hässlichen, dicken, behaarten, stinkenden, hirnlosen, besitzlosen Habenichts. *(Geht zu ROSAMUNDE.)*
FORREST
Schlag mich, beiß mich, kratz mich, gib mir Straßennamen.
ROSALINDE
Rosamunde, wir gehen!
DIGHTON
Was?

–

ROSAMUNDE steht auf.

–

ROSAMUNDE
Was?
DIGHTON
Der Herr sei mit Euch!
ROSAMUNDE
Und mit deinem Geiste!
DIGHTON
Amen!

ROSAMUNDE und ROSALINDE ab. DIGHTON robbt ihnen auf Knien nach, reißt FORREST um. DIGHTON steht auf.

–

FORREST

Frederick, ich muss Rosalinde heiraten.

DIGHTON

Du willst eine Hure heiraten?

FORREST

Ja. Die Art und Weise, wie sie mich verachtet, wie sie mich beschimpft, wie sie sich nicht und nicht für mein Leben interessiert, wie sie mich ignoriert und nicht mit mir schlafen will, das kann nur eine Ehefrau. Außerdem: Wenn ich eine Hure heirate, dann steige ich in die göttliche Hierarchie ein – als „Mann einer Hure"! Herr Hure. Monsieur de la Nutte. Frederick, wir müssen unseren Eindruck bei den Damen verbessern.

DIGHTON

Und wie?

FORREST

Wir waschen uns. Wir müssen uns endlich einmal waschen. Und dann gehen wir in die Schenke und lesen ihnen Liebesgedichte vor.

DIGHTON

Lesen?

FORREST

Ach ja, wir können nicht lesen... Dann müssen wir sie schreiben.
Oh, wir können natürlich auch nicht schreiben!
Dann sagen wir ihnen einfach die Gedichte auf, die wir erfinden.

DIGHTON

Zum Beispiel?

FORREST

Sonette. Sowas wie:
Die Liebe macht mich blind,
Ich liebe Rosalind.
Küsse mich geschwind
geliebte Rosalind.
Spring ich auf die Rosalind,
kriegt sie bald von mir ein Kind.

DIGHTON

Das muss romantisch sein, nicht so ordinär.

FORREST

Das verwechsle ich sehr oft.

DIGHTON

An deiner Seele ich gesunde
Geliebte Rosamunde!
Bist mit den Engeln du im Bunde?
Bist selbst ein Engel, Rosamunde. *(FORREST schnarcht.)*
Wiegen tut sie tausend Pfund,
sie passt zu mir, die Rosamund.
Siehst du, so geht das, das ist romantisch!

FORREST

Ich hab was wahnsinnig Romantisches:
Hat sie auch stinkende Winde,
ich liebe Rosalinde!

DIGHTON

Du bist und bleibst ein Idiot.

FORREST

Wieso?

–

LORD BUCKINGHAM tritt auf, RICHARD suchend. RICHARD tritt zeitgleich auf, BUCKINGHAM suchend.

–

LORD BUCKINGHAM

Mylord!

RICHARD

Lord Buckingham! Wo wart Ihr so lange?

LORD BUCKINGHAM

Mylord, ich habe Euch gesucht, ich bringe Neuigkeiten.

RICHARD

Nicht jetzt! Mein Freund und Vetter, wisst Ihr noch, wie wir als Kind die königlichen Frösche gekreuzigt haben?

LORD BUCKINGHAM

Ja, das war schrecklich!

RICHARD

Und wir die Schuld den Eseln in die Schuhe geschoben haben?
Und hier sind sie. *(Deutet auf DIGHTON und FORREST.)*
Unsere Esel, die mich zum Thron ziehen werden.

–

RICHARD stößt BUCKINGHAM zu DIGHTON und FORREST. BUCKINGHAM gibt ihnen die Hand zum Gruße.

–

LORD BUCKINGHAM

Henry Stafford, Herzog von Buckingham.

FORREST
William Forrest. Gar nix von gar nix.

–

LORD BUCKINGHAM schüttelt DIGHTONS Hand.

–

DIGHTON
Frederick Dighton! Schon gar nix!
LORD BUCKINGHAM *(zurück zu RICHARD)*
Mylord! Der König ruft nach Euch! Ihm ist nicht wohl.
RICHARD
Warum sagt Ihr das nicht gleich?
LORD BUCKINGHAM
Das wollte ich ja! Die Königin bangt um sein Leben.
RICHARD
Wirklich? Sogleich begeb' ich mich zum König.
(Deutet auf DIGHTON und FORREST.) Befreit sie!

–

LORD BUCKINGHAM macht das Seil vom Pflock los.

–

RICHARD
Das läuft ja besser, als ich gedacht habe.
DIGHTON und FORREST
Yeah!
RICHARD
Wenn er stirbt, werde ich Lordprotektor sein.
FORREST
Was werdet Ihr sein?
RICHARD
Die Vormundschaft über seinen Sohn, den Prinzen, haben.
Und dann, dann, meine Freunde, dann steht mir nichts mehr im Wege...
LORD BUCKINGHAM *(zu DIGHTON)*
Oh Gott, ihr stinkt!
RICHARD
Na, dann wascht sie und säubert sie auch an den Stellen, wo die Sonne nicht hin will. *(RICHARD ab)*
LORD BUCKINGHAM *(nimmt DIGHTON und FORREST mit sich)*
Auf zum Zuber!

–

LORD BUCKINGHAM, FORREST und DIGHTON ab.

[2. SZENE]

Im Palast. KÖNIG EDWARD IV. sitzt auf dem Thron. Er ächzt, ihm ist schlecht, PRINZ EDWARD und DER JUNGE PRINZ spielen. Neben EDWARD stehen KÖNIGIN ELIZABETH und die HERZOGIN VON YORK.

–

EDWARD IV.
Uhh! Ruhe!
DER JUNGE PRINZ *(zu ELIZABETH gewandt)*
Wird Papa sterben?
PRINZ EDWARD
Ich will nicht, dass Papa stirbt – dann muss ich jetzt schon König werden.
EDWARD IV.
Mir ist nicht gut. *(ächzt)* Mutter, Mutter!

–

Die HERZOGIN VON YORK tritt zu EDWARD.

–

HERZOGIN VON YORK
Ja, mein Sohn! Ich komme!
EDWARD IV. *(verzweifelt)*
Hilf!
Sag, gibt es nichts, was mir den Magen heilt?
Tagtäglich warte ich auf eine Botschaft,
Dass der Erlöser mich erlöst von hier.
Mir ist nicht wohl, mein Magen brennt wie Feuer.
HERZOGIN VON YORK
Weil du nur völlerst, Sohn, seit du am Thron hier sitzt.
Die drei gefüllten Schwäne jeden Tag, die Kuchen
Voll Zucker und Rosinen. Dazu der Wein mit Honig.
Friss nicht so viel, wenn du am Leben bleiben willst.
EDWARD IV. *(wird immer übler)*
Wenn ich nicht speise wie ein König, trinke,
Weshalb wurd' ich dann König?
Es brennt
Mir tief im Magen drin. Ist's Gift, das man
Mir gab?

–

Die beiden Prinzen und Königin ELIZABETH springen auf.

–

PRINZ EDWARD *(zur Mutter)*
Hat jemand Vater vergiftet?

KÖNIGIN ELIZABETH *(geht hin und her)*
Kein andrer als er selbst ist Mörder
Seines königlichen Körpers. Er und
Mätressen, die er teilen lässt sein Bett.

–

Die HERZOGIN VON YORK tröstet PRINZ EDWARD.

–

EDWARD IV. *(steht auf)*
Weib! Schweig!

–

RICHARD tritt auf.

–

RICHARD
Dem hohen Herrscherpaar einen guten Morgen!
Glücklichen Tag auch meinen lieben Neffen, Mutter!
HERZOGIN VON YORK
Mein Sohn!
RICHARD *(zu EDWARD IV.)*
Mein König. Ich hörte, dass Ihr leidet
An einer Krankheit.
EDWARD IV.
Mein guter Bruder.
Wenn ich sterben sollte...

–

Richard deutet Nein.

–

EDWARD IV.
Wirst du um meinen Sohn dich kümmern?
Und Lordprotektor sein?
RICHARD
Ich nehm die Ehre an, geliebter Bruder.
Dass ich den Baum, von dem du sprossest, liebe,
(küsst PRINZ EDWARD auf die Stirn)
Bezeuge dieser Kuss, der Frucht gegeben.
PRINZ EDWARD
Danke, bester Onkel!
KÖNIGIN ELIZABETH
Wenn wir uns alle schon so gut verstehn, *(zu EDWARD IV.)*
Mein hoher Herr, ich fleh zu Eurer Hoheit,
Lasst Euren Bruder Clarence Lordprotektor sein.
RICHARD
Wer weiß nicht, dass der Herzog tot ist?

ALLE *(entsetzt, springen auf)*
Tot? *(PRINZ EDWARD, JUNGER PRINZ, ELIZABETH, die HERZOGIN VON YORK, dann KÖNIG EDWARD zuletzt.)*

–

KÖNIGIN ELIZABETH erstarrt, JUNGER PRINZ wirft sich in ELIZABETHS Arme.

–

KÖNIGIN ELIZABETH
Allsehender Gott! Welch eine Welt ist das?

HERZOGIN VON YORK
Mein zweiter Sohn? Tot? Clarence, mein Kleiner? Mein Herz ist Schwer vor Kummer.

EDWARD IV.
Clarence tot? Ich widerrief die Order! Wie kann das sein!?!

RICHARD
Tja, zu spät. Der Arme starb durch deine Order, Bruder. Wie konntest Du es tun? Hat Clarence nicht Seite an Seite mit dir gekämpft, damit Du König wirst? Und du lässt ihn töten, gibst Order, den eignen Bruder zu beseitigen.

EDWARD IV.
Ich hab die Order widerrufen! Mutter!
(zu RICHARD) Doch du hast selbst gesagt, dass eine Weissagung Meinen Thron und alle meine Erben bedroht.

RICHARD
Ja! Aber deswegen gleich den Bruder töten! Ach Edward, wie kannst du nur so ein grausames Herz haben. Ich wünschte, ich wäre so hartherzig wie du, oder du so weichen Herzens wie ich!
Ach, ich bin zu kindlich-naiv für diese Welt.

EDWARD IV.
Luft! Ich krieg kaum Luft!

HERZOGIN VON YORK
Das sind die Schwäne, die fetten Pfauen und die Kuchen.

–

RICHARD gibt EDWARD einen Becher Wasser. EDWARD IV. trinkt.

–

RICHARD
Hier! Trinkt etwas Wasser. Hier. Mehr.

EDWARD IV.
Ich kann nicht mehr! Ich scheid' dahin.

EDWARD IV.
Mein Herz es flieht gen Himmel!

EDWARD IV. stirbt und fällt. Dabei nimmt ihm RICHARD die Krone ab. Die Familie steht entsetzt rund um ihn.

–

PRINZ EDWARD
Vater!
DER JUNGE PRINZ
Was ist mit dem Vater?
RICHARD
Sein armes Herz, der Kummer hat's erdrückt.
HERZOGIN VON YORK
Du Monster, Richard. Hast den Bruder du
Vergiftet, um Lordprotektor zu werden?
RICHARD
Mutter! Nein! Ich liebte meine Brüder. Alle drei. Wie könnte
Ich sie morden? Mein Herz zerreißt der Schmerz!
HERZOGIN VON YORK
Ich kenne dich, du Ausgeburt!
Wenn du deinem Bruder irgendetwas angetan hast, werde ich dafür sorgen, dass du niemals Lordprotektor werden wirst!
RICHARD
Mutter!
HERZOGIN VON YORK
So wahr ich deine Mutter bin. Kommt, Kinder, wir gehen!
RICHARD
Wie kannst du nur...

–

ELIZABETH und Kinder stehen auf.

–

HERZOGIN VON YORK
Kommt Kinder, wir gehen!

–

HERZOGIN VON YORK will abgehen.

–

RICHARD
Ich war der Einzige, der ihm Wasser gereicht hat, um ihn am Leben zu erhalten. Mutter! Mutter!
HERZOGIN VON YORK
Komm, Schwiegertochter.

–

Alle ab, außer RICHARD. Er geht zurück zu EDWARDS Leiche.

RICHARD
Das Unheil, das ich angestiftet hab,
Ganz heimlich, leg ich den andern schwer zur Last!
Und seufze, mit aus der Bibel schnell
Entlehntem Wort: Gott heißt uns Böses tun für Gutes!
Und so bekleid' ich meine nackte Bosheit
Mit alten Fetzen, gestohlen aus der heil'gen Schrift,
Und schein' ganz heilig, wo ich doch der Teufel bin!
Edward! Edward!

–

LORD BUCKINGHAM tritt auf.

–

LORD BUCKINGHAM
Mylord. *(Sieht den toten EDWARD IV.)*
Die zwei Idioten sind gewaschen und geschrubbt und harren
Eurer Order.

RICHARD
Gut. Sag den beiden, sie sollen sich als königliche Ärzte verkleiden.

LORD BUCKINGHAM
Mylord! Die Ärzte des Königs sind Italiener.

RICHARD
Ganz genau. Und sie sollen meiner Mutter erklären, dass mein
Bruder nicht vergiftet wurde, sondern dass er an der Fresssucht starb.

LORD BUCKINGHAM
Jawohl, Mylord! *(BUCKINGHAM will abgehen.)*

RICHARD
Und – schmeißt das Fläschchen in die Themse.

–

Er wirft LORD BUCKINGHAM ein Fläschchen zu.

–

LORD BUCKINGHAM
Sehr wohl, Mylord!

RICHARD
Wir wollen doch nicht, dass noch jemand sich daran vergiftet!

–

BUCKINGHAM ab.

[3. SZENE]

Im Palast. LORD BUCKINGHAM führt FORREST und DIGHTON herein, die als Ärzte verkleidet sind.

–

LORD BUCKINGHAM
Also. Ich hoffe, ich habe es euch jetzt hinreichend erklärt! Ist euch das jetzt klar?

FORREST
Ja, es reicht hin.

DIGHTON
Selbstverständlich.

FORREST
Alles klar. Die Aufgabe ist: Wir sind also die Ärzte des Königs und wir sollen sagen, dass der König nicht vergiftet wurde...

LORD BUCKINGHAM
Sondern, dass er durch seine...?

DIGHTON
... Völlerei gestorben ist. Genau, so ist es!

FORREST
Warum sagen das nicht die echten Ärzte zur Herzogin? Sind die auf Urlaub?

LORD BUCKINGHAM
Das geht deshalb nicht, weil Richard, der edle Herzog von Gloucester, seinen Bruder ver...

FORREST
...heiratet!

LORD BUCKINGHAM
–giftet hat und die Ärzte draufkommen könnten, wenn sie seinen Nachttopf untersuchen.

FORREST
Wenn sie seinen was untersuchen?

DIGHTON
Ich habe jetzt Nachttopf verstanden...

FORREST
Ich auch.

LORD BUCKINGHAM
Ja! So machen es die Ärzte. Sie besehen sich den Stuhl des Königs und schließen daraus auf seine Gesundheit.

–

FORREST und DIGHTON lachen.

FORREST
Nein!! Wirklich? Die echten Ärzte… den Stuhl des König?
Ich glaube, er hat sich das Kreuz verrissen.
DIGHTON *(naiv)*
Your Grace, und was machen wir?
LORD BUCKINGHAM
Ihr macht genau das. Herrgott!! Lord Buckhurst!
So, und jetzt neigt eure Häupter und begrüßt Lord Buckhurst – den ehrenwerten Hüter des königlichen Stuhls.

–

LORD BUCKHURST tritt mit einem Nachttopf in den Händen auf.

–

LORD BUCKHURST
Mylord! Meine Doktoren!
DIGHTON
Mylady!
LORD BUCKHURST
Ich überreiche Euch diese heilige Fracht: den Stuhl des Königs.
FORREST
Sehr freundlich. Frederick, nimm du!
DIGHTON
Nein, nimm du! Ich hab heute schon.
LORD BUCKHURST
Analysiert mit Vehemenz die Konsistenz. Bedenkt, die Herzogin hegt den Verdacht, *(Er öffnet den Deckel, riecht)* dass Gift im Spiel war. *(Gefäß wieder zu, Forrest ringt um Luft.)* Kniet nieder!

–

DIGHTON und FORREST knien sich hin.

–

FORREST
Danke, da herunten ist die Luft auch besser.
LORD BUCKHURST
Und empfanget voll Stolz und in Würde das letzte Exkrement.
FORREST
Bitte?
LORD BUCKHURST
Finale Fäkale aus royalem Darme.
DIGHTON
Was?
LORD BUCKHURST
Seinen letzten großen Wurf.
FORREST
Ach so… Gaximus maximus! Alles klar! Danke!

LORD BUCKHURST übergibt FORREST den Topf.

–

LORD BUCKHURST *(im Abgehen)*
Mylord.

–

Während LORD BUCKHURSTS abgeht, stehen FORREST und DIGHTON auf.

–

LORD BUCKINGHAM
Also, ihr bleibt hier und wisst Bescheid?
FORREST und DIGHTON
Jawohl, alles klar.
LORD BUCKINGHAM
Mustergültig. Und ihr seid Italiener.
FORREST
Nein, wir sind Engländer!
LORD BUCKINGHAM
Ja, das weiß ich, aber ihr mimt Italiener.
FORREST
Mimt?
LORD BUCKINGHAM
Ihr tut so, als wärt ihr Italiener.
FORREST
Achso. Wozu?
LORD BUCKINGHAM
Weil die echten Ärzte des Königs Italiener sind.
FORREST
Your Grace! Aber wir können kein Italienisch.
LORD BUCKINGHAM
Das ist doch egal.

–

Die KÖNIGIN ELIZABETH und die HERZOGIN VON YORK treten auf.

–

HERZOGIN VON YORK
Hör auf mich.
LORD BUCKINGHAM
Los, da rüber! *(FORREST und DIGHTON gehen zur Seite.)*
KÖNIGIN ELIZABETH
Ja, Mutter. Oh, ich fürchte um das Wohl unserer Familie.
LORD BUCKINGHAM
Meine Herzogin, die königlichen Ärzte, die Ihr zu sprechen wünschtet.
HERZOGIN VON YORK
Meine Herren Doktoren, Buongiorno!

DIGHTON und FORREST stammeln. LORD BUCKINGHAM stampft auf.

–

DIGHTON
La Cucaracha.
HERZOGIN VON YORK
Nun, habt Ihr Beweise für die Schandtat?

–

FORREST deutet Nein.

–

DIGHTON
No. No. Schandtato nixo passierto.

–

FORREST nimmt Deckel runter, DIGHTON geht zur Seite, ihm wird übel.

–

FORREST
Si si, Gaxeroni in die Topferino ist molto bene! Schauto ausso very guto. Stracciatella e Fiocco!
DIGHTON
Eduardo Quatro zuviel manjato von die gefillte Schwaninio!
FORREST
Si! Si! Die Schwanino backeroni in die Fetto alto, dadurch Gaxeroni ganz weicho. Durchfallo, Durchfallo...
DIGHTON
Molto fresso – Herzo schwacho – bumm.
LORD BUCKINGHAM
Bumm?
DIGHTON
Bummeroni! Finito Eduardo Quatro. Toto!
FORREST
Si! Toto totalo... Eduardo Quatro liegt tota totalo toto – macht nixo... Eduardo Quatro lotto toto...
HERZOGIN VON YORK
Lotto? Toto?
FORREST
Si! Alles ist möglich!
HERZOGIN VON YORK
Grazie.

–

DIGHTON und FORREST verbeugen sich.

–

HERZOGIN VON YORK *(zu ELIZABETH)*
Elizabeth. Wir können meinem Sohn Richard vertrauen.

KÖNIGIN ELIZABETH

Ich weiß es nicht. Die beiden kommen mir etwas seltsam vor.

LORD BUCKINGHAM

Geht.

DIGHTON

Geht gut!

LORD BUCKINGHAM

Geht weg!

–

FORREST und DIGHTON wollen ab.

–

FORREST

Geht auch!

KÖNIGIN ELIZABETH

Cari Signori mei, dove ave da studiato?

–

FORREST und DIGHTON stoppen und kommen zurück.

–

FORREST

Wirklich wahr?

LORD BUCKINGHAM

Die Herren sprechen einen etwas südlicheren Dialekt.
Wo habt Ihro studierto?

DIGHTON

Äh... jaja... studiato....

FORREST

Sag du do!

DIGHTON

... studiato... Universitat...

FORREST

Und io bei Universi-dort...

DIGHTON

Universitat di Salami.

FORREST

Si, si. Dottore Parmesano von die Universität Salami, und ich bin Proffessore Gelati vom Rio Prosseco, gleich bei Cafe Latte.

DIGHTON

Noch vor Cannelloni!

FORREST

Hinter Pomodoro.

KÖNIGIN ELIZABETH

Grazio?

LORD BUCKINGHAM scheucht FORREST und DIGHTON davon.

–

FORREST

Multo. Wir können nicht mehr bleiben... Wir müssen...

DIGHTON

... nach Rom!

FORREST

Si, si, nach Roma, wir müssen den Heiligen Stuhl untersuchen.

–

FORREST und DIGHTON ab. RICHARD tritt auf und versteckt sich vorerst.

–

HERZOGIN VON YORK

Elizabeth, hör auf mich! Du solltest deinen Sohn
So schnell wie möglich krönen lassen.
Nun heißt es das Leid versenken in des toten Edwards Grab
Und neue Freude bauen auf des Prinzen Edwards Thron!

KÖNIGIN ELIZABETH

Ich traue Richard nicht. Ich werde Zuflucht suchen in der Kirche.
Dort kann Richard mir nichts anhaben. Ich werde mich mit meinen
Vertrauten besprechen. Und Ihr, Schwiegermutter, könnt Ihr euch
Um meinen Sohn, den Prinzen, kümmern?!

HERZOGIN VON YORK

Ich werd es tun.

KÖNIGIN ELIZABETH

Schickt ihn zu mir in die Kirche!

HERZOGIN VON YORK *(bemerkt LORD BUCKINGHAM)*

Mylord!

LORD BUCKINGHAM *(hält HERZOGIN VON YORK die Tür auf)*

Mylady.

–

Die HERZOGIN VON YORK ab.

–

KÖNIGIN ELIZABETH

Oh tränenvolle Zeit!

–

RICHARD erscheint.

–

RICHARD

Mylady!

KÖNIGIN ELIZABETH

Was wollt Ihr?

RICHARD

Ich möchte Euch mein Beileid kundtun. *(Küsst ihr die Hand.)*

KÖNIGIN ELIZABETH

Habt Dank! *(Entzieht ihm die Hand, droht.)* Ich werde mich zurückziehen. Und mit meinen Vertrauten besprechen, den Lords Rivers, Grey und Vaughan.

RICHARD

Ihr könntet keine besseren Freunde haben. *(ELIZABETH dreht sich weg, RICHARD hält sie am Ärmel zurück.)*
Aber bedenkt, mein Neffe, der Prinz, sollte so schnell wie möglich
Gekrönt werden. Damit der Staat nicht in die Krise kommt.
England braucht einen König – meinen süßen, lieben Neffen.

KÖNIGIN ELIZABETH

Mylord!

RICHARD

Mylady! *(Küsst ihr die Hand.)*

LORD BUCKINGHAM *(hält ELIZABETH die Tür auf)*

Your Grace!

–

KÖNIGIN ELIZABETH ab.

–

LORD BUCKINGHAM

Wir sollten über Forrest und Dighton reden! Diese zwei Idioten könnten unsere Mission gefährden. Ich glaube...
(RICHARD gibt ihm eine Ohrfeige.) Danke, Mylord.

RICHARD

Wir bringen nun die Prinzen in den Tower.

LORD BUCKINGHAM

Mylord?

RICHARD

Wir sagen dem Prinzen, er soll sich dort auf seine Krönung vorbereiten.
Im Morgengrauen beginnen wir jetzt mit der Propaganda!
Mit der Propaganda, die mich zum König machen wird.
Und nimm die beiden Idioten mit, sie sollen dir dabei helfen, das Volk aufzustacheln!

LORD BUCKINGHAM

Sehr wohl, Mylord!

–

RICHARD und BUCKINGHAM ab.

[4. SZENE]

Eine Straße in London. Einige BÜRGER treffen sich im Morgengrauen.

–

BÜRGER 1

Sie werden es nicht glauben. Grauenvolle Gerüchte haben wir gehört. Nach dem Tod des Königs soll Richard den Thronfolger mitsamt seinem Bruder in den Tower gesperrt haben.

BÜRGER 2

Was sagt die Königin Elizabeth dazu?

BÜRGER 3

Die hat sich in eine Kirche geflüchtet.

BÜRGER 4

Weil sie Angst hat, dass Richard sie umbringen lässt.

BÜRGER 2

Ich hab gehört, er soll zwei schreckliche Mörder engagiert haben.

BÜRGER 4

Zwei italienische Auftragskiller!

BÜRGER 5

Die den Herzog von Clarence ermordet haben.

BÜRGER 1

Ich weiß, hab ich auch gehört, die Erpresso-Brüder

BÜRGER 3

... aus Napoli.

BÜRGER 5

Sie sollen die schrecklichsten Mörder Europas sein.

BÜRGER 4

Armes England, wenn Richard König wird.
Nicht nur der Tag wird jetzt zur Nacht.

BÜRGER 5

Ganz England versinkt in Dunkelheit.

BÜRGER 3

Wie soll er denn der König werden?

BÜRGER 5

Eben, Prinz Edward ist der legitime Nachfolger.

BÜRGER 4

Ich halte zu Prinz Edward!

BÜRGER

Jawohl! Ich auch!

BÜRGER 1

Ein Hoch auf den jungen König Edward V.

–

Die anderen BÜRGER stimmen in den Chor ein.

ALLE
Edward! Edward! Edward!

–

Der LORD MAYOR tritt im Nachtgewand auf.

–

LORD MAYOR
Was für ein Tumult ist das? *(sieht LORD BUCKINGHAM)*
Lord Buckingham! Lord Buckingham! Ein Aufruhr!

–

LORD BUCKINGHAM erscheint mit FORREST und DIGHTON.

–

LORD BUCKINGHAM
Seid gegrüßt, Lord Mayor, Bürgermeister von London!
LORD MAYOR
Lord Buckingham!
LORD BUCKINGHAM
Seid gegrüßt, Volk von London! Wie schön, dass ihr euch alle hier versammelt habt! Ich komme vom Hof und habe Nachricht für euch Bürger!
DIE BÜRGER
Buh! Auf den Misthaufen mit dem Krüppel!
Machtgieriges Schwein! Pfui! Drecksack! Mörder! Buh!
LORD MAYOR
Schweigt! Als euer Bürgermeister befehle ich Ruhe!
Sprecht, Lord Buckingham, was hat der Herzog uns auszurichten?
BÜRGER 5
Wir scheißen auf den Herzog!
LORD MAYOR
Ruhe! Oder ihr kommt alle an den Pranger!
BÜRGER 1
So viele Pranger gibt es gar nicht!
LORD MAYOR
Aus jetzt! Mylord, bitte!
BÜRGER 1
Ja, du willst die Nachricht hören!
LORD MAYOR
Still jetzt! Keiner bewegt sich!
Jeder bleibt da stehen, wo er ist, und hört zu!
Mylord, bitte!
BÜRGER 4
Lord Mayor!!
LORD MAYOR
Was denn?

BÜRGER 4
Darf ich mich bitte woanders hinstellen?

LORD MAYOR
Wieso?

BÜRGER 4
Es stinkt hier so erbärmlich. Die junge Dame hier vorne hat gefurzt!

LORD MAYOR
Nein! Nein, du bleibst da stehen, wo du gerade bist – hier stinken doch sowieso alle.

LORD BUCKINGHAM
Danke...
Dighton und Forrest, macht euch nützlich.
Die Sicherheit des Staates ist in Gefahr. Heute Abend wurde ein Attentat verübt. Auf wen, werdet ihr fragen?

LORD MAYOR, DIGHTON, FORREST
Auf wen!?

LORD BUCKINGHAM
Ich will es sagen: auf den edlen Lordprotektor Richard, Herzog von Gloucester!

DIGHTON und FORREST
Buh!

DIE BÜRGER
Bravo! Gut so! Haut ihn, den krummen Hund!
Er will ja nur König werden! Gierige Sau!

LORD MAYOR
Ruhe!

LORD BUCKINGHAM
Doch von wem? Wer hat es gewagt, einen Adeligen anzugreifen, ihm nach dem Leben zu trachten? Waren es Rebellen? Aufständische!?!

LORD MAYOR
Was, Ausländische?

LORD BUCKINGHAM
Nein! Es war die Königin Elizabeth – seine eigene Schwägerin – mit ihren Schergen, Lord Rivers, Lord Grey und Lord Vaughan!

DIGHTON und FORREST
Buh!

BÜRGER 2
Schwachsinn!!

BÜRGER 4
Die Königin hat sich in eine Kirche geflüchtet!

LORD MAYOR
Lord Buckingham! Auch ich hörte von der Königin Zuflucht.

LORD BUCKINGHAM
Ja – das hat sie. Doch warum?
LORD MAYOR und FORREST/DIGHTON
Warum?
LORD BUCKINGHAM
Um sich der gerechten Strafe zu entziehen, denn sie hat Richard angreifen lassen. Richard, den Herzog von Gloucester... den wahren Thronfolger Englands!
FORREST
Na, geh, so eine Schlampe!
LORD MAYOR
Was? Herzog Gloucester!?! Der wahre Thronfolger?
DIE BÜRGER
Das kann nicht sein. Beweise. Wieso ist der der Thronfolger? Wir wollen keinen schirchen König!
DIGHTON und FORREST
Wir schon!
LORD MAYOR
Lord Buckingham. Wie kann es angehen, Lord Buckingham, dass der Herzog König sein soll?!
LORD BUCKINGHAM
Als König Edward IV. gezeugt wurde, war sein Vater, der Herzog von York, gar nicht zu Hause. Das heißt, dass ein anderer sein Dingsbums in die Herzogin...
LORD MAYOR
... gebumsdingst hat.
LORD BUCKINGHAM
Ja genau. Und deshalb ist Edward ein Bastard!
ALLE
Bastard! Bastard!
LORD BUCKINGHAM
Das ist Beweis genug!
Richard ist Englands König! Richard! Richard!

–

RICHARD erscheint.

–

RICHARD
Wer stört meine Gebete?
LORD BUCKINGHAM
Mylord! Das Volk will, dass ihr König werdet.
Die Menschen rufen nach Euch.

RICHARD

Ich höre eure Rufe, euer Fleh'n.

Doch sag ich: Nein! Ich bin nicht gemacht, um König zu sein. Ich will mich im Gebet zurückziehen und für das Heil Englands beten.

FORREST

No geh, schleich dich!

LORD BUCKINGHAM

Doch, ein Bastard wie Prinz Edward darf nicht König werden.

RICHARD

Nein, bitte nicht. Tut mir das nicht an.

Man hat ein Attentat auf mich verübt.

Doch ich vergebe Königin Elizabeth.

FORREST und DIGHTON

Bravo!

LORD BUCKINGHAM

Da sieht man, was Richard für ein großer Mann ist.

Mylord, ich glaube, ich spreche für alle, wenn ich sage:

Wir bitten euch!

LORD MAYOR

... wir alle flehen euch an! Bitte!

DIGHTON und FORREST

Bitte!

RICHARD

Gut. Wie kann man nur so jammern? Aus Liebe zum Volk und für England nehme ich diese schwere Bürde auf mich und werde euer König.

–

Die BÜRGER schreien durcheinander und gehen ab.

–

LORD BUCKINGHAM

Gott hat uns einen neuen König geschenkt!

Lang lebe Englands König, Richard III.

–

LORD MAYOR ab.

–

RICHARD

Ich danke Euch, Lord Buckingham, dass Ihr meiner Sache so ergeben seid.

LORD BUCKINGHAM

Gott segne Eure Hoheit!

RICHARD

Psst! Noch nicht... noch nicht... noch bin ich nicht gekrönt.

Es hieße Gott zu widersprechen, mich jetzt schön König nennen.

LORD BUCKINGHAM
Ist Euch die Krönung morgen angenehm?
RICHARD
Ja, ja – warum nicht? Nachdem es das Volk so will!
Lord Buckingham!
LORD BUCKINGHAM
Mylord!
RICHARD
Ich werde Euch reich belohnen mit Ländereien und Gold und Seide.

–

RICHARD und LORD BUCKINGHAM ab.

–

FORREST
Frederick?
DIGHTON
Hier!
FORREST
Hast du das gehört – Gold, Seide, Ländereien.
Da hast du's – das kriegen wir auch alles.
DIGHTON
Ha! Bis jetzt hat er uns nichts von den Belohnungen gegeben, die er uns versprochen hat.
FORREST
Weil er noch nicht König ist. Aber wenn er König wird, dann werden wir belohnt. Weil wir maßgeblich dran beteiligt waren.
Weißt du, was das heißt?
DIGHTON
Ja. Wir werden in der Hölle schmoren.
FORREST
Aber nein. Vielleicht werden wir sogar in den Adelsstand erhoben.
DIGHTON
Wir haben die Menschen angelogen...
FORREST
Wir haben sie nicht angelogen, wir haben einwandfreie politische Propaganda gemacht.
DIGHTON
William, ich will nichts mit der Politik zu tun haben. Das ist ein Haufen intriganter, rachsüchtiger, korrupter Arschlöcher!
FORREST
Das ist halt so – das wird wohl immer so bleiben.
In alle Ewigkeit, Amen.

DIGHTON

Nein! Ich glaube an das Gute im Menschen! In 600 Jahren wird es keine Könige mehr geben und es werden nur anständige, ehrliche und intelligente Menschen in der Regierung sein.

FORREST

Was redest du für einen Blödsinn. In 600 Jahren... Ja, und sie werden am Mond spazieren gehen und beim Saturn einkaufen... Schau uns an! Wir haben es geschafft! Ich werde mit Richard reden. Er wird Belohnungen auszahlen, bevor er König wird.

Mylord!! Sie sind noch hier?

LORD BUCKINGHAM

Die schon wieder... Ich nehme glücklich Abschied.

–

LORD BUCKINGHAM ab. RICHARD tritt auf.

–

FORREST

Your Grace, eine Frage wegen unserer Belohnungen. Wir haben es uns aufgeschrieben. Wenn Ihr uns die bitte dann auszahlen würdet. *(Gibt RICHARD das Pergament.)*

RICHARD

Mitkommen!

Wenn ich ein guter König sein will...

FORREST

Ihr wäret der beste Englands.

RICHARD...

... dann brauche ich eine Frau.

Ich werde Lady Anne heiraten.

DIGHTON

Lady Anne?

RICHARD

Ja.

DIGHTON

Das ist doch die Witwe des ehemaligen Thronfolgers, den Ihr umgebracht habt!?

RICHARD

Sehr richtig!

DIGHTON

Ja, aber...

RICHARD

Was tut's, dass ich ihren Ehemann, den Prince of Wales, ein bisschen ermordet hab? Sie gefällt mir, ich hab sie ganz gern...

FORREST
Wir haben sie auch ganz gern und sie gefällt uns auch...
Na ja... aber, wie wollt Ihr ihr denn einen Antrag machen, als Mörder ihres Gatten?
RICHARD
Nicht ich. Ihr werdet ihr in meinem Namen den Antrag machen.
FORREST
Was?
DIGHTON
Was?
RICHARD
Ich kann Morde in Auftrag geben, Kehlen durchschneiden, Intrigen anzetteln, aber bei Frauen bin ich ein wenig schüchtern. Weil ich eine Missgeburt bin.
FORREST/DIGHTON
Naja...
RICHARD
Ich, um dieses schöne Ebenmaß verkürzt,
Von der Natur um Schönheit ganz betrogen.
Entstellt, so lahm und ungeziemt, dass mir
Die Hunde nachbellen, hink ich wo vorbei.
Und weil sie mich auslachen... in der Lateinschule schon, als kleiner Junge... nein, nein... die Liebe ist nichts für mich.
Bin nicht gemacht für diesen geilen Sport.
Zum Rumstolzier'n vor nackt sich zier'nden Nymphen.
Bin ich zu grob geprägt, entblößt von Liebesmajestät.
Und darum, weil ich nicht gehn kann als Verliebter,
Bin ich gewillt, ein Bösewicht zu werden.
FORREST
Frederick! Ich hätte es nie geglaubt, aber jetzt tut er mir leid.
DIGHTON
Mir auch... Your Grace, lieber Herr Schurke... wie können wir Euch trösten?
FORREST
Und Ihr habt nicht eine abgekriegt in der Lateinschule?
RICHARD
Nicht eine.
FORREST
Kein kleines bisschen... ha... ein wenig Fummeln?
RICHARD
Nein.
FORREST
Na sicher! Die Zunge nur ganz kurz auf ihre Lippen...

RICHARD
Nein.
FORREST
Einmal auf den Busen gegriffen? Meck, meck...
RICHARD
Nein.
FORREST
Von hinten beim Vorbeigehen, schnell zwischen die Beine gelangt, im Vorbeilaufen? Kuckuck!
RICHARD
Nein.
FORREST
Das gibt's ja nicht... Ihr haben noch nie an einem Mädchen herumgefummelt?
DIGHTON
Aber an Euch selbst habt Ihr doch sicher...
RICHARD
Es ist genug! Geht zu Lady Anne und erfüllt euren Auftrag. Und sagt ihr nicht, dass ich König werde. Ich will nicht, dass sie mich deswegen heiratet. Ich will, dass sie mich um meiner selbst Willen liebt.
FORREST
Das wird schwer.
RICHARD
Und kommt nicht ohne ein Ja von ihr zurück.
FORREST
Nein, also ja! Also nein. Also ja... selbstverständlich.
Ich glaube, mein Freund möchte etwas sagen.
DIGHTON
Ja... Werden wir dann gehängt?
RICHARD
Nein, ich bin doch kein Unmensch.
Dann werdet ihr in siedendes Öl geworfen.
FORREST
Gut. Ist wenigstens eine Abwechslung.

–

RICHARD ab.

–

FORREST
Wixer!
DIGHTON
William, wir schlittern immer tiefer in die Scheiße.

FORREST

Ist das unglaublich? Der hat nicht einmal gefummelt... Drum ist er so ein Monster geworden. Die Energie muss ja wo hin... Weil wir gerade davon reden. Sollten wir nicht kurz in der Schenke vorbeischauen und unseren zukünftigen Ehefrauen einen kleinen Besuch abstatten, jetzt, wo wir so elegant gekleidet sind, und ihnen die Liebesgedichte aufsagen?

DIGHTON

Wir müssen zu Lady Anne.

FORREST

Ich finde, wir sollten uns nicht nur dauernd um Richard kümmern. Wir haben schließlich auch ein Privatleben.

DIGHTON

Wir müssen zu Lady Anne.

FORREST

Verdammt noch einmal. Ich muss langsam auch Druck ablassen, sonst werde ich noch wie er und das will ich nicht. Ich bin übervoll mit Liebe, die muss wo hin.

DIGHTON

Kauf dir ein Schaf.

FORREST

Du verstehst eben nichts von Frauen.

DIGHTON

Doch. Eben schon. Ich versteh sogar sehr viel von Frauen. Frauen sind nicht so grob wie Männer. Wir Männer können nicht wirklich das Herz einer Frau erreichen. Man muss wie eine Frau denken, um eine Frau zu verstehen...

FORREST

Hä?

DIGHTON

Ich hab's! Das ist es! Aber natürlich. Komm!

FORREST

Wohin?

DIGHTON

Zu Lady Anne.

–

Beide ab.

[5. SZENE]

Im Zimmer von LADY ANNE. Sie trauert um ihren verstorbenen Mann.

–

LADY ANNE
Du bleiche Asche meines Gatten, Prince of Wales,
Blutloser Rest des königlichen Bluts.
Erlaubt sei's anzurufen deinen Geist,
Dass er die Klage hört der armen Anne.
Verflucht die Hand, die diese Tat getan,
Verflucht das Herz, das Herz hatt' es zu tun,
Verflucht das Blut, das dieses Blut vergoss!

–

DIENER erscheint.

–

DIENER
Mylady!

–

LADY ANNE schreckt hoch.

–

DIENER
Verzeiht, wenn ich Euch stör'.
LADY ANNE
Was gibt es?
DIENER
Es ist Besuch für Euch gekommen.
LADY ANNE
Um diese Zeit? Wer kann das sein?
DIENER
Es sind zwei Damen, die sich ausgeben als Edelfrauen.
Doch hässlich sind, als hätt' der Teufel selber sie gezeugt.
LADY ANNE
Was wollen sie von mir?
DIENER
Sie sind mit einer Botschaft hier.
LADY ANNE
Lasst sie herein.
DIENER
Mylady! Wollt Ihr sie wirklich sehen?
Es könnten Hexen sein.
LADY ANNE
Ich habe nichts zu fürchten. Schick sie zu mir.

DIENER

Sehr wohl.
Doch: Bedeckt Euren Blick für's erste.
Sie sind so hässlich, dass das Auge Zeit braucht,
sich daran zu gewöhnen.

–

DIENER ab.

–

LADY ANNE

Was können diese wundersamen Frauen für Botschaft für mich haben?

–

DIGHTON und FORREST treten auf. Sie sind als zwei Edelfrauen verkleidet und sehen grauenvoll aus.

–

DIGHTON

Seid gegrüßt, Lady Anne.

FORREST

Auch ich sag: Hallo, Süße!

DIGHTON

Wir sind Euer beiden Nachbarinnen, wir wohnen im Nebenschloss.
Also ich im Schloss gleich daneben und er... also sie... im Schloss unten am Fluss.

FORREST

Ja, bin eine untere Flussschloss-Bewohnerin. Immer feucht, das Schloss, drum krieg ich sicher bald die Gicht!

LADY ANNE

Wer seid Ihr, seltsame Frauen?

FORREST

Darf ich vorstellen: Das ist Lady Anne, die Witwe des letzten Thronfolgers, und das ist... darf ich vorstellen...
Meine beste Freundin, Lady Frederieke, die Herzogin von Worcestersauce...

LADY ANNE

Bitte?

FORREST

Worcestershire...

DIGHTON

Auch! Sehr angenehm! Und darf ich auch vorstellen: Das ist die Gräfin Henriette von Wettex.

FORREST

Essex. Nicht Wettex!

LADY ANNE
Was führt Euch zu mir?

FORREST
Die Herzogin von... was?... Arschg'sicht möchte Euch etwas Wichtiges sagen.

DIGHTON
Wir sind wie gesagt Nachbarinnen und haben gehört, dass Sie schon so lange allein und Witwe sind, und da wollten wir fragen... wir wollten fragen, ob Sie sich nicht neu vermählen wollen, nach so langer Zeit.

LADY ANNE
Es sind erst drei Monate seit dem Tod meines Mannes.

FORREST
Pah! Das ist ja eine Ewigkeit! Also, wenn ich drei Monate keinen Mann hab, dann werd' ich ganz... wie sagt man?

DIGHTON
Wurlat!

FORREST
Ja, ganz wurlat! Der meinige ist mir ja auch weggestorben.

LADY ANNE *(betroffen)*
Und wie lange habt Ihr getrauert?

FORREST
15 Minuten. Am Begräbnis hab ich schon mit meinem neuen Mann ein erotisches Intermezzo gehabt... Wir gehen die Stiegen runter in der Basilika, ich stolpere blöd, nimmt er mich von hinten, dreimal!

DIGHTON
Mylady. Wir machen uns – als liebevolle Nachbarinnen – große Sorgen um Euch.

LADY ANNE *(schroff)*
Das ist sehr nett von Ihnen, aber ich werde nie wieder einen Mann haben.

DIGHTON
Na geh!

FORREST
Nie wieder einen Mann – Vorsicht, da kriegt man Dörrpflaumen.

DIGHTON
Mylady. Wir kommen mit einem Auftrag zu Euch. Es gibt da jemanden, der sich in Euch verliebt hat.

LADY ANNE
Von wem sprecht ihr?

DIGHTON
Sag du!

FORREST
Nein, sag du!
DIGHTON
Immer ich.
FORREST
Ja. Du bist die Ältere von uns beiden.
DIGHTON
Was? Du bist die Schirchere, du alte Schachtel!
FORREST
Sag nicht alte Schachtel zu mir! Du alte Hutblumen.
DIGHTON
Was ist eine Hutblume?
FORREST
Die Hutblume ist die Cousine von der alten Schaßtrommel!
LADY ANNE
Wer ist es nun, der mich so liebt?
FORREST
Jetzt sag es halt, Frederieke.
DIGHTON
Es ist Richard, der Herzog von Gloucester.
LADY ANNE *(entsetzt)*
Richard...
Das schlimmste Los treff den verhassten Elenden,
Der elend uns gemacht durch Edwards Tod.
Ich verfluche ihn! Wenn er ein Kind hat je, sei's missgebor'n,
So grässlich und entstellt, dass es
Die eig'ne Mutter für den Teufel hält!
Wenn er ein Weib hat je, soll sie im Kampf
Den Mann verlier'n und's Kind soll sterben
Vor der Zeit!
DIGHTON
Nanananananana! Wer wird denn gleich so böse sein?
LADY ANNE
Ich kann doch nicht den Mörder meines Gatten frei'n!
FORREST
Aber natürlich! Das geht schon. Das hab ich doch auch gemacht, gell?
Ich habe ja auch den Mörder meines Gatten gefreit.
LADY ANNE
Warum?

FORREST

Weil er fesch war! Der war so fesch! Gut gebaut, muskulös... genauso wie der Herzog von Gloucester... also der ist mehr so... da zählen mehr die inneren Werte... Ich weiß nicht mehr, was ich sagen soll...

DIGHTON

Also mir g'fallt er... gell, das hab ich immer zu dir gesagt, wie fesch ich diesen Richard find...

FORREST

Warum eigentlich?

DIGHTON

... weil er so einen Buckel hat. Also der Buckel ist fesch! Also ich hab noch nie so einen schönen Buckel gesehen.

LADY ANNE

Er ist eine Ausgeburt der Hölle!!!

FORREST

Ja, aber wenn man alle Kerzen ausbläst, da ist er gar nicht so hässlich...

DIGHTON

Mylady, bitte sagen sie Ja, sonst werden wir in siedendes Öl geworfen und sie hat eh schon so eine fettige Haut!

–

RICHARD tritt auf.

–

DIENER *(aus dem OFF)*

Nein, nein, ich kann Euch nicht hereinlassen!!

RICHARD

Schamloser Hund! Steh du, wenn ich es sag!
Sonst, bei Sankt Paul, streck ich zu Boden dich.

LADY ANNE

Drecksteufel, du!

DIGHTON

Bitte nicht schimpfen, er wird leicht zornig.

FORREST

Da ist er, unser Richie!

RICHARD *(mit Spickzettel in der Hand zu LADY ANNE)*

Du, schöner als ein Mund dich nennen kann,
Schenk mir die Zeit, mich zu entschuldigen.

LADY ANNE

Entschuldigt bist du erst, wenn du dich hängst!

DIGHTON

Die ist aber eine Bissgurn!

FORREST
Ich glaub, das wird nichts mehr.
LADY ANNE
Schickst mir zwei Hexen, mich zu verzaubern!
FORREST
Also Hexen, na hallo...!? Wir sind zwei Grazien!
RICHARD
Wann hab ich was von Frauenkleidern gesagt??
FORREST/DIGHTON *(zeigen aufeinander)*
Seine Idee!
RICHARD
Verschwindet!! Raus!!
FORREST
Toi, toi, toi, alles Gute!

–

DIGHTON und FORREST ab.

–

RICHARD
Der dir den Gatten nahm, tat's dir zulieb,
Dass einen besser'n du dir nehmen kannst.
LADY ANNE
Ein Bess'rer atmet nicht auf dieser Erde.
RICHARD
Es lebt wer, der dich viel mehr liebt als er.
LADY ANNE
Wo ist er?
RICHARD
Hier!

–

LADY ANNE spuckt RICHARD an.

–

RICHARD
Warum spuckst du mich an?
LADY ANNE
Tödliches Gift sein müsst' es. Für dich!
RICHARD
Niemals kam Gift aus solch süßem Ort.
Lehr deine Lippen nicht den Spott, sie sind
Geschaffen nur zum Kuss, niemals zum Hohn.

LADY ANNE
Hast du nicht unsren König umgebracht?

RICHARD
Er danke mir, der ihm dahin verholfen,
Er taugt für'n Himmel mehr als für die Erde.

LADY ANNE
Du taugst für keinen Ort als für die Hölle!

RICHARD
Doch, es gibt einen noch, darf ich ihn nennen?

LADY ANNE
Ein Kerkerloch!

RICHARD
Euer Schlafgemach!

LADY ANNE
Wenn ich das denke, dann sollen meine Nägel
Von meinen Wangen reißen jeden Reiz.
(Will ab, RICHARD hält sie zurück.)

RICHARD
Kann mir dein Herz niemals verzeih'n, *(zieht Schwert)*
Geb' ich dir dieses Schwert für deine Rache!
(Gibt LADY ANNE sein Schwert.)
Ich schlug ja deinen Mann, den Prince of Wales,
Doch deine Schönheit reizte mich dazu.

–

RICHARD bietet ihr seine Brust dar. LADY ANNE zielt mit dem Schwert auf ihn.

–

RICHARD
Zögere nicht.
Versenk das Schwert, wenn du willst, in dieser treuen Brust
Und lass die Seele raus, die dich vergöttert.

–

LADY ANNE geht langsam mit dem Schwert auf ihn zu und überlegt. Beide ab.

VIERTER AKT

[1. SZENE]

Im Palast. LADY ANNE. LORD BUCKINGHAM tritt auf.

–

LADY ANNE

Mit tiefer Abscheu steig' ich heut auf diesen Thron,
Ich wollt bei Gott, es wär die runde Kron' aus Gold,
Die meine Stirn umschließen soll, heiß glühender Stahl,
Dass er mein Hirn versengt. Ich möcht ermordet sein,
Gesalbt mit Gift,
Eh jemand ruft: „Gott schütz' die Königin!"

–

RICHARD in königlichem Ornat, aber noch ohne Krone, tritt auf. In weiterer Folge Edelleute.

–

RICHARD

Gott schütz' die Königin!

LORD BUCKINGHAM

Gott schütze den König!!

–

Auftritt FORREST und DIGHTON hinter RICHARD und LORD BUCKINGHAM.

–

ALLE

Gott schütze den König!

RICHARD *(zu BUCKINGHAM)*

Gebt mir die Hand – geleitet mich zum Thron.

LORD BUCKINGHAM *(geleitet RICHARD zum Thron)*

Ich liebe Euch!

–

LORD MAYOR geleitet LADY ANNE zum Thron.

–

FORREST

Schau! Hab ich es dir nicht immer gesagt, dass es gut ausgeht?!

DIGHTON

Fesch ist er, unser neuer König! Und unter dem Mantel sieht man den Buckel kaum.

–

LORD BISHOP tritt auf, dahinter seine Assistenten mit einem Polster, auf dem sich die Krone befindet. RICHARD und LADY ANNE setzen sich. LORD BISHOP krönt RICHARD und LADY ANNE.

LORD BISHOP *(Sprechgesang)*
Gott segne dich, König Richard III. *(gibt RICHARD das Zepter)*
und senk' dir Sanftmut in dein Herz. *(Setzt ihm die Krone auf, holt die andere Krone.)*
Gehorsam, Liebe, Mitleid, Treu' und Pflicht!
(Setzt LADY ANNE Krone auf.)
In nomine patris...

RICHARD
Amen!

ALLE *(falsch gesungen)*
Amen!

RICHARD
ICH BIN KÖNIG!!!
Nun ward der Winter meines Missvergnügens
Glorreicher Sommer durch mich selbst!

–

Applaus. BUCKINGHAM beginnt, dann der Rest.

–

LORD BUCKINGHAM
Der König will speisen!

FORREST
Jawohl, Your Grace!

LORD BUCKINGHAM
Musik!

FORREST
Mein Gott, schau ihn dir an!
Er sieht beinahe glücklich drein.

DIGHTON
Ja, ich freu mich für ihn.

–

DIGHTON und FORREST treten mit Speisen auf. DIGHTON geht mit Bechern, FORREST mit Tablett zu BUCKINGHAM, dann zu LADY ANNE.

–

LORD BUCKINGHAM *(zu LADY ANNE)*
Lächelt. Ihr seid jetzt Königin.

–

LADY ANNE lächelt LORD BUCKINGHAM an.

–

LADY ANNE
Arschloch!

–

Auftritt DIGHTON und FORREST mit Tabletts. DIGHTON geht zu RICHARD.

DIGHTON

Majestät!

RICHARD *(trifft auf DIGHTON)*

Sagt die Schlampe einfach ja, obwohl ich ihren Mann ermordet habe.

DIGHTON

Majestät… wegen unseren Belohnungen!

RICHARD

Maul halten und zuhören…. Ich habe noch einen Auftrag für euch!

DIGHTON

Sehr schön, was denn?

RICHARD

Nicht neben der Königin!

DIGHTON *(neben der Königin)*

Lächelt, Ihr seid jetzt Königin!

LADY ANNE

Arschloch!

FORREST *(trifft auf den LORD BISHOP)*

Lord Bishop, Gratulation, das haben Sie sehr gut gemacht.

LORD BISHOP

Ich mach's immer gut.

–

LORD BISHOP und Assistent ab.

–

RICHARD

Meine Königin! *(zu DIGHTON)* Mitkommen!

(zu LORD BUCKINGHAM)

Ich werde die Prinzen im Tower umbringen lassen.

LORD BUCKINGHAM

Aber Mylord!!

RICHARD

Was denn? Sie könnten gefährlich werden.

Das sichert mir den Thron.

LORD BUCKINGHAM

Jawohl, Mylord!

RICHARD *(zu DIGHTON)*

Sag das dem anderen Idioten.

DIGHTON

Sehr wohl! *(zu BUCKINGHAM)*

Der König sagt, dass wir die Prinzen im Tower…

LORD BUCKINGHAM

Nicht mir!

DIGHTON

Scusi!

RICHARD

Und? Was sagt Ihr dazu?

BUCKINGHAM

Hoheit, Ihr könnt tun, was Euch gefällt.

RICHARD

Warum gefriert Euer immer grinsendes Gesicht, Lord Buckingham?

LORD BUCKINGHAM

Ich bitte um eine Atempause, Lord, eh ich mich in der Sache klar entscheide.

–

DIGHTON und FORREST treffen sich hinter dem Thron.

–

FORREST

Die Kinder? Wir sollen die Prinzen im Tower töten?

EDELMANN

Dighton!

LORD BUCKINGHAM

Forrest!

–

FORREST geht zu BUCKINGHAM.

–

LADY ANNE

Mein König!

RICHARD

Meine Königin!

LADY ANNE

Wollt Ihr nicht mit Eurer Königin tanzen?

RICHARD

Meine Königin, Ihr tanzt bestimmt wunderschön.
(Nimmt LADY ANNE das Zepter ab. Zu EDELMANN.*)*
Tanzt mit der Königin!

–

EDELMANN geht zu LADY ANNE.

–

RICHARD *(zu DIGHTON)*

Beseitigt Lady Anne – sie langweilt mich.

DIGHTON

Majestät…

RICHARD

Ihr sollt die Schlampe killen!

DIGHTON

Ja, aber…

RICHARD
Und sag das dem anderen Idioten.

–

DIGHTON tritt zu LORD BUCKINGHAM – FORREST zu RICHARD.

–

DIGHTON
Wir sollen Lady Anne ermorden!

LORD BUCKINGHAM
Nein, ihr sollt die beiden Prinzen umbringen.

DIGHTON
Nein, Lady Anne!

LORD BUCKINGHAM
Nein, die Prinzen!

DIGHTON
Nein, Lady Anne!!

LORD BUCKINGHAM
Die Prinzen!

DIGHTON
Lady Anne!!

LORD BUCKINGHAM
Die Prinzen!

RICHARD
Was ist eigentlich mit euch drei Idioten los?

LORD BUCKINHAM
Aber Mylord...

RICHARD
Mein König!

LORD BUCKINGHAM
Mein König!

RICHARD
Und, Lord Buckingham – was machen wir jetzt mit den Prinzen?

LORD BUCKINGHAM
Unbedingt töten. Allerdings, möchte ich vorher noch an die Belohnungen erinnern, die Ihr mir verspracht: Gold, Silber, Edelsteine, Ländereien?

FORREST
Bravo! Dieser Frage möcht' ich mich voll inhaltlich anschließen.

RICHARD
Lord Buckingham, ich bin heut nicht in Geberlaune!

LORD BUCKINGHAM
Aber mein König!

RICHARD
Geht!
LORD BUCKINGHAM
Geht gut!
RICHARD
Geht weg!
LORD BUCKINGHAM
Aber Richard...

–

RICHARD ersticht BUCKINGHAM.

–

RICHARD
Und, geht gut? *(Zu DIGHTON und FORREST gewandt.)*
Und? Was wolltet ihr mich fragen?
FORREST
Wann genau wir die Prinzen umbringen sollen?
RICHARD
Jetzt!
FORREST
Euer Majestät.

–

DIGHTON und FORREST ab.

–

RICHARD
Alle raus, verschwindet!

–

Alle Edelleute ab. RICHARD schleift den toten LORD BUCKINGHAM weg und setzt sich auf den Thron. MARGARET tritt auf.

–

MARGARET
So wird der Wohlstand überreif,
Und fällt in den verfaulten Schlund des Todes.
Von einem grausen Vorspiel war ich Zeugin
Und will nach Frankreich, hoffend, der Erfolg
Wird auch so bitter, schwarz und tragisch sein.
Der Graf von Richmond, der in der Fremde dort –
In Frankreich – die Zukunft Englands hart beweint,
Soll freudentränenvoll selbst die Zukunft Englands sein.

[2. SZENE]

Tower.
PRINZ EDWARD und DER JUNGE PRINZ liegen auf einem Strohsack. DIGHTON sitzt bei ihnen. FORREST mit einem Messer in der Hand.

–

DIGHTON
... und dann hat die Prinzessin zu dem Pipihenderl gesagt: „Mein liebes Pipihenderl! Wenn ich dich küssen soll, dann... “

FORREST
Frederick, wieso? Pipihenderl? Wieso Pipihenderl?

DIGHTON
Weil die böse Hexe den Prinzen in ein Pipihenderl verwandelt hat...

FORREST
So ein Blödsinn. Eine Hexe verwandelt niemanden in ein Pipihenderl... erzähl nicht so einen Blödsinn!

DER JUNGE PRINZ
Kann ich noch ein Stück Honigkuchen haben?

FORREST
Nein.

PRINZ EDWARD
Ich auch!

FORREST
Ihr sollt jetzt schlafen.

DIGHTON
Aber natürlich bekommt ihr noch ein kleines Stück Honigkuchen, da könnt ihr besser schlafen.

FORREST *(leise zu DIGHTON)*
Frederick, komm her. Das geht so nicht. Wir haben ausgemacht, wir bringen sie nur um, wenn sie schlafen.

DIGHTON
Eben! Drum kriegen sie noch ein Stückchen von dem Honigkuchen... und dann...

FORREST
Nein, wenn sie jetzt Honigkuchen bekommen, dann wollen sie danach noch was trinken, dann wieder etwas zu essen, dann müssen sie noch auf's Klo und wieder was trinken.

–

DIGHTON will wieder zu den Kindern gehen.

–

FORREST
Frosch ist besser.

DIGHTON
Was?
FORREST
Na in dem Märchen, die Hexe soll den Prinzen in einen Frosch verwandeln.
DIGHTON
Die Hexe hat den Prinzen in ein Pipihenderl verwandelt!
PRINZ EDWARD *(nimmt dem anderen Prinzen die Krone weg)*
Ich werde der König von England sein, das hat Onkel Richard gesagt.
DER JUNGE PRINZ
Er ist so lustig, der Onkel. Er macht immer Späße mit uns.
Einmal haben wir Rebellen gespielt. *(Zu FORREST, nimmt ihm sein Messer weg.)* Weißt du noch?

–

DER JUNGE PRINZ humpelt mit FORRESTS Messer spielerisch auf PRINZ EDWARD zu.

–

PRINZ EDWARD
Ja. Da war ich der König, Ihr ward die Rebellen und Ihr habt mich hingerichtet.
FORREST *(sieht Kindern zu)*
Frederick, da schau!
DIGHTON *(sieht, dass die Kinder mit dem Messer spielen, FORREST hält ihn zurück)*
Bist du wahnsinnig?
FORREST
Nein! Lass sie doch.

–

DER JUNGE PRINZ will auf PRINZ EDWARD einstechen. DIGHTON nimmt ihm das Messer aus der Hand. PRINZ EDWARD fällt um.

–

DIGHTON
Du kannst doch nicht den Prinzen töten!
FORREST
Den einen wären wir jetzt schon los!
DIGHTON
Das ist ein Kind, William! Und sein kleiner Bruder, der nur ein Stückchen Honigkuchen haben will. Das sind Kinder!
Bitte hör damit auf, wir lassen´s.
FORREST
Frederick, was ist denn? Beruhige dich doch! Es geht doch nicht darum, dass er ein Kind ist. Er ist ein Bastard.

Der JUNGE PRINZ rutscht spielerisch auf den Knien zu FORREST und DIGHTON.

–

DIGHTON

Das ist eine Lüge, damit Richard König werden kann.

FORREST

Nein. Das wurde zum Gesetz gemacht, der König hat es gesagt – es ist rechtens, wenn wir das tun. Wir tun gar nichts Böses, nichts, was das Gesetz verbietet. Ich will nicht sterben, ohne aus meinem Leben etwas gemacht zu haben!

DIGHTON

Da verreck' ich lieber!

FORREST

Wir haben uns doch ausgemacht, dass wir eines Tages ein gutes Leben führen werden.

–

Der JUNGE PRINZ krabbelt zwischen DIGHTONS und FORRESTS Beinen durch, versteckt sich.

–

DIGHTON

Da fress' ich mein Leben lang Rüben und Gerstenschleim, bevor ich ein Kind ermorde!! Ein Kind! Verdammt nochmal!

FORREST

Er ist ein Bastard und kein Kind! Begreifst du das nicht?

DIGHTON

Du verdammter Mörder. *(Ohrfeigt FORREST, will ab.)*

FORREST

Nein Frederick, du kannst nicht einfach so davonlaufen.

DIGHTON

Leb wohl...

FORREST

Wir müssen doch nur diese beiden Leben auslöschen um selbst ein glückliches Leben führen zu können!! Frederick!!

–

DIGHTON ab. FORREST sieht ihm nach.

–

DER JUNGE PRINZ

Onkel William. Wie geht die Geschichte weiter? Küsst die Prinzessin jetzt den Frosch? Quak, quak...
(PRINZ EDWARD macht Kussgeräusche.)

FORREST
Frosch!!?! Wieso Frosch ?
Seid ihr zu blöd, um ein Märchen zu verstehen?
Habt ihr meinem Freund nicht zugehört?
Die Hexe hat den Prinzen in ein Pipihenderl verwandelt!
Schlaft jetzt!

–

Die Kinder legen sich wieder hin.
FORREST geht mit seinem Messer auf die Kinder zu. Besinnt sich und tötet sie doch nicht. FORREST ab.

[3. SZENE]

Palast. RICHARD mit Landkarte ist bereits auf der Bühne.
FORREST tritt auf.

–

FORREST
Majestät...
RICHARD
Ja?
FORREST
Die Tat, tyrannisch blutig, ist getan.
RICHARD
Die erste Frucht des Mordes ist immer die süßeste.
FORREST
Das erzabscheulichste Massaker, das dieses Land jemals gesehen hat.
RICHARD
Forrest! Deine Nachricht macht mich glücklich!
Dighton und Forrest, Bluthunde seid ihr,
Eingefleischte Schurken! Wo ist dein Freund?
FORREST
Er... er ist nicht mehr mein Freund. Er ist für mich gestorben, Majestät.
RICHARD
Gestorben. Schade, dass die Dicken immer zuerst sterben...
Der Hund Richmond zieht gen London und wagt es, in meiner Stadt Truppen zu rekrutieren, um mich zu stürzen. Was sagen wir dazu?
FORREST
Er wird gegen Euch nichts auszurichten wissen, Majestät.

RICHARD
Wirklich wahr, sagen wir das?
FORREST
Ja, das sagen wir!
RICHARD
Nein. Hier ist er – und wir müssen ihn zerstören!
FORREST
Sehr wohl, Majestät! Auf Euren Befehl, er wird sofort zerstört!

–

FORREST zerreißt den Plan.

–

RICHARD
Richmond! Nicht den Plan.
FORREST
Ist mir eh komisch vorgekommen. Ohne Plan finden wir ja gar nicht hin.
RICHARD
Wir werden ihn überraschen und ihm mit einem Heer entgegenziehen.
FORREST
Jawohl, Majestät!
RICHARD
Und… das mit Lady Anne musst du noch erledigen, ich traf sie heute in meinem Schlafgemach, sie wirkte noch sehr lebendig.
FORREST
Sehr wohl, Majestät.

–

LADY ANNE tritt auf.

–

RICHARD
Da ist sie ja schon.
LADY ANNE
Mein König!
RICHARD
Meine Königin!
LADY ANNE
Master Forrest.
FORREST
Majestät.
RICHARD *(zu Pagen)*
Ihr helft ihm.

–

RICHARD ab.

LADY ANNE
Ihr wolltet mich sprechen?
FORREST
Jawohl, Majestät, ich wollte Euch etwas fragen.
–
Die PAGEN überwältigen LADY ANNE.
–
FORREST *(zu den Pagen, übernimmt LADY ANNE)*
Passt schon, danke, den Rest mach ich alleine.
–
FORREST zerrt LADY ANNE von der Bühne. LADY ANNE versucht sich zu wehren.
–
FORREST
Majestät – wehrt Euch nicht! Ich muss Euch etwas sagen!
Es hat keinen Sinn, sich zu wehren, glaubt mir!
–
Beide ab.

[4. SZENE]

Straße in London. Rekrutierung von Soldaten.
–
DIGHTON
Und dann bin ich einfach davongelaufen, ich Feigling.
Er ist jetzt ein Scherge von König Richard.
ROSALINDE
Was?
REKRUTIERUNGSSOLDAT
William Hill.
SOLDAT
Hier!
DIGHTON
Er hat die Prinzen im Tower ermordet und die Nächste ist Lady Anne.
ROSALINDE
William Forrest? Der Pflaumenliebhaber?
DIGHTON
Ja!
ROSALINDE
Das hätte ich nicht von ihm gedacht!

DIGHTON
Ich auch nicht.
REKRUTIERUNGSSOLDAT
Henry Winslow!
SOLDAT
Hier!
DIGHTON
Aber mit so jemandem kann ich nicht befreundet sein.
Will ich nicht befreundet sein. Er ist ein Mörder.
REKRUTIERUNGSSOLDAT
James Brighton!
SOLDAT
Yes, Sir.
DIGHTON
Der Graf von Richmond steht mit einer Armee vor London, um gegen Richard zu kämpfen. Henry Tudor heißt er und er soll ein fantastischer Feldherr sein.
ROSALINDE
Oh Gott, nicht schon wieder Bürgerkrieg.
REKRUTIERUNGSSOLDAT
Steve Pinner!
SOLDAT
Jawohl!
ROSAMUNDE
Frederick!
DIGHTON
Rosamunde. Ich werde mich Richmonds Armee anschließen.
Auf Englands Thron sitzt nämlich der Teufel.
ROSAMUNDE
Aber dann musst du ja ins Schlachtfeld...
REKRUTIERUNGSSOLDAT
Frederick Dighton!
DIGHTON
Hier!
ROSAMUNDE
... und gegen deinen Freund kämpfen.
DIGHTON
So ist das Leben. Er hat sich auf die Seite des Satans geschlagen und wenn es sein muss, werden beide durch meine Hand umkommen.
ROSALINDE
Armer Kerl.
DIGHTON
Was, armer Kerl... er ist ein Mörder.

DIGHTON tritt zur Seite. ROSAMUNDE will ihm nach, SOLDAT hält sie auf.

–

REKRUTIERUNGSSOLDAT
Huren sind hier nicht erlaubt.
DIGHTON
Sie ist keine Hure!
REKRUTIERUNGSSOLDAT
Das sagen sie alle.
DIGHTON
Sie ist meine...
REKRUTIERUNGSSOLDAT
Halt's Maul!

–

DIGHTON und ROSAMUNDE umarmen einander.

–

DIGHTON
Leb wohl!
ROSAMUNDE
Leb wohl!
REKRUTIERUNGSSOLDAT
Abmarsch!
DIGHTON
Gott beschütze dich.

–

Alle Soldaten ab. ROSAMUNDE läuft in ROSALINDES Arme, schluchzt.

[5. SZENE]

FORREST tritt auf.

–

FORREST
Frederick. Ist Frederick hier?
ROSALINDE
Nein, er ist nicht mehr hier, aber er hat uns alles erzählt. Dein Freund hat sich deinetwegen freiwillig zum Heer gemeldet und macht meine Schwester vielleicht zur Witwe, bevor sie noch verheiratet ist.
FORREST
Das ist sehr deppert. Rosalinde, bitte, hör mir kurz zu: Es ist ein Gerücht. Ich habe Lady Anne und die Kinder nicht umgebracht.

ROSALINDE
Aha?
FORREST
Ich habe diese Mönchskutten gekauft, damit sie sich verkleiden können.
ROSALINDE
Wozu?
FORREST
Damit sie unerkannt bis an die Küste kommen.
ROSALINDE
Wozu?
FORREST
Damit sie dort mit einem Schiff nach Frankreich fliehen können.
ROSALINDE
Das heißt, du hast sie also nicht umgebracht?
FORREST
Nein, habe ich nicht!
ROSALINDE
Und was ist der Plan?
FORREST
Hör zu, der Plan ist folgender: Irgendjemand muss sie zur Küste begleiten, völlig egal, wer, irgendwer. *(Hält ihr die Kutten hin.)* Danke!
ROSALINDE
Aha, der feine Herr glaubt also, er kann mich einfach so in seinen lebensgefährlichen Plan verwickeln.
FORREST
Wieso lebensgefährlich?
ROSALINDE
Weil der schnellste Weg zur Küste mitten durchs Schlachtfeld führt.
FORREST
Das ist natürlich lebensgefährlich, das hab ich gar nicht bedacht.
Hör zu, ich werde dafür sorgen, dass ein Schiff bereitsteht.
Du müsstest sie nur irgendwo verstecken!
ROSALINDE
Warum sollte ich das tun?
FORREST
Weil ich ein wahnsinnig sympathischer Kerl bin.
ROSALINDE
Aha.
FORREST
Weil ich sonst niemanden kenne in London.
ROSALINDE
Na und?

FORREST
Weil ich vielleicht einmal Herzog werde.

ROSALINDE
Schön für dich. Wo sind Lady Anne und die Kinder jetzt?

FORREST
Ich hab sie bei euch versteckt. In der Schenke, bei eurem Vater.

ROSALINDE
Großartig, dann ist jetzt meine ganze Familie in Lebensgefahr.

FORREST
Das hab ich auch nicht bedacht – tut mir aber auch sehr leid.

ROSALINDE
Also gut. *(Nimmt die Kutten.)* Ich werde Lady Anne und die Kinder im Wald verstecken, in der Nähe von Euch. Sobald du ein Schiff gefunden hast, gibst du uns Bescheid. *(FORREST will weg.)*

ROSAMUNDE
Ich helfe euch.

ROSALINDE
Nein, Rosamunde – du bleibst hier und betest für uns.
(zu FORREST) Das Losungswort ist Kuckuck.

FORREST
Okay.

ROSALINDE
Sag es!

FORREST
Kuckuck!

ROSALINDE
Dreimal.

FORREST
Kuckuck, Kuckuck, Kuckuck! *(will ab)* Bin ja kein Trottel!

ROSALINDE
Aber eines sage ich dir, wenn wir diese Sache überleben, dann machst du mich zu deiner Herzogin.

FORREST
Kuckuck! *(küsst ROSALINDE)*

[6. SZENE]

Feld bei Bosworth.

–

ALLE TUDOR-SOLDATEN
Lang lebe Henry Tudor, Graf von Richmond!
GRAF VON RICHMOND *(spricht mit stark französischem Akzent)*
Ihr Waffenbrüder und geliebte Freunde,
Geschunden unter'm Joch der Tyrannei.
Frisch auf, in Gottes Namen, tapf're Freunde,
Die Ernte ewigen Friedens einzubringen
Durch diesen einen Blutgang scharfen Kriegs.
DIGHTON
Bravo! Genau! Nieder mit Richard!
GRAF VON RICHMOND
Morgen früh ziehen wir in die Schlacht gegen diesen Dreckskerl, Richard III.
SOLDATEN RICHMONDS
Bravo!
GRAF VON RICHMOND
Der sich den Thron erschlichen hat, unrechtmäßig!
SOLDATEN TUDORS
Pfui!!!
GRAF VON RICHMOND
Mit Gottes Hilfe werden wir morgen früh siegen!
SOLDATEN TUDORS
Ja, das werden wir!
GRAF VON RICHMOND
So! Jetzt gehen wir schlafen, damit wir morgen früh genug Kraft haben. Gute Nacht!
SOLDATEN TUDORS
Gute Nacht!

–

GRAF VON RICHMOND und seine Soldaten gehen wieder ab. DIGHTON bleibt allein zurück. RICHARD und FORREST treten mit Soldaten auf.

–

SOLDATEN RICHARDS
Lang lebe unser König! Lang lebe Richard!
RICHARD
Ihr Waffenbrüder! Morgen früh ziehen wir in die Schlacht gegen diesen Dreckskerl Henry Tudor, Graf von Richmond.
Hier schlagen wir unser Zelt auf.

FORREST
Jawohl, Majestät.

DIGHTON *(betend)*
Lieber Gott, steh uns morgen in der Schlacht bei.

RICHARD
Mit Gottes Hilfe, etwas Glück und unter den richtigen Voraussetzungen werden wir morgen früh siegen.

DIGHTON
Lass uns tapfer kämpfen gegen diesen Richard, der sich anmaßt, Englands König zu sein.

RICHARD
Forrest!

FORREST
Majestät?

RICHARD
Mein einziger Freund... das ist die Ruhe vor dem Sturm. Hörst du sie?

DIGHTON
Und verzeih mir, Herr, wenn ich in der Schlacht meinen Freund William Forrest töten sollte...

RICHARD
Die Schlacht beginnt und meine Adern frier'n.

DIGHTON
Herr, gib mir die Kraft, den Tod meiner Feinde zu ertragen, ich will stark sein für dich, König aller Könige, und für den Grafen von Richmond.

RICHARD
Bring mir eine Flasche Wein und hol mir zwei Huren ins Zelt. Ich muss mich entspannen, ich bin nervös.

FORREST
Ja, sofort, Majestät.

–

FORREST ab.

–

RICHARD
Nun ward der Winter meines Missvergnügens Missvergnügen.
(Ruft FORREST nach.) Und Mönche, ich fürchte, ich muss beichten.

DIGHTON
Amen!

–

RICHARD und DIGHTON ab.

FÜNFTER AKT

[1. SZENE]

Anderer Teil des Feldes bei Bosworth. ROSALINDE mit DEM JUNGEN PRINZEN, PRINZ EDWARD und LADY ANNE als Mönche verkleidet.

–

ROSALINDE

Kommt, kommt, kommt! Er hat gesagt, ihr sollt ihn hier treffen. Versteckt euch und zeigt niemandem eure Gesichter. Ich suche ihn. Kommt nur hervor, wenn ihr dreimal den Ruf des Kuckucks hört. Los, versteckt euch!

–

Die drei falschen Mönche ab.

–

ROSALINDE *(ruft ins Mittelzelt hinein)*

Forrest! Forrest!

–

DIGHTON tritt auf.

–

DIGHTON

Halt! Wer da?

–

ROSALINDE ab.
FORREST tritt auf.

–

FORREST

Rosalinde, Rosalinde!

DIGHTON

Wie lautet das Losungswort.

FORREST

Sag du zuerst!

DIGHTON

William!!

FORREST

Frederick! Gott sei Dank, ich hab dich so vermisst!
(Sie laufen aufeinander zu.)

DIGHTON

Nein! Greif mich nicht an!!! *(DIGHTON stößt FORREST weg.)*
Lauf, William!

FORREST
Du musst mir zuhören...
DIGHTON
Lauf, oder ich bring dich um.
FORREST
Was? Frederick!
DIGHTON
Ich warne dich. Wir sind jetzt Feinde!

–

FORREST und DIGHTON beginnen zu kämpfen.

–

FORREST
Frederick, bist du wahnsinnig! Hör mir zu!
Frederick! Ich warne dich. Ich bin ausgebildeter Schwertkämpfer.
DIGHTON
Du hast Lady Anne und die Kinder ermordet.
FORREST
Nein, hab ich nicht! Du musst mir zuhören!
FORREST
Aua!
DIGHTON
Entschuldige, hab ich dir weh getan?
FORREST
Ja, da, schau!
DIGHTON
Aber das geschieht dir recht! Da! Nimm das!
FORREST
Hör zu, Frederick!

–

DIGHTON erwischt wieder FORREST. Dieser lässt das Schwert fallen.

–

FORREST
Aua!
DIGHTON
Das geschieht dir nur recht. Nimm auch das noch!

–

DIGHTON stößt FORREST zu Boden und holt mit seinem Schwert aus, versetzt dann FORREST einen Tritt, sodass dieser auf dem Rücken liegt, er zielt mit dem Schwert auf seine Brust.

DIGHTON

Du warst mein Freund, William Forrest, aber mit deiner Dummheit hast du alles verspielt. Hättest du auf mich gehört – deinen besten Freund, dann würden wir jetzt Seite an Seite gegen Richard kämpfen. Aber nein, du musstest dich ja in deiner Gier für die falsche Seite entscheiden! Du bist in ganz England bekannt als der Scherge des Teufels, der Kindermörder, der die Prinzen im Tower umgebracht hat! Mein bester Freund. Mein Willi, der mir immer die besten Kirschen aus dem Garten seiner Oma mitgebracht hat.
Und weißt du, was das Schlimmste ist?

FORREST

Nein!

DIGHTON

Weißt du, was mir am meisten weh tut!?!

FORREST

Was? Hast du deine Hämorrhoiden wieder bekommen?

DIGHTON

Dass der erste Mensch, den ich töten werde, mein bester Freund ist, und dass man mir einen Orden dafür umhängen wird.
Fahr zur Hölle, William Forrest, ich liebe dich!

–

Er sticht zu, kommt mit seinem Schwert aber nicht durch.

–

DIGHTON

Wahnsinn, du bist so fett geworden, dass ich mit dem Schwert nicht durchkomme.

FORREST

Feigling, du stichst gar nicht fest zu.

DIGHTON

Natürlich stech ich zu!

FORREST

Nein, du tust nur so, ich merke es doch.

DIGHTON

Mein Gott – dann lauf halt davon!
Wenn ich dir schon die Möglichkeit gebe...
(Lässt mit dem Schwert von ihm ab.)

FORREST *(nimmt DIGHTONS Schwert an der Klinge)*

Nein, warum? Wenn der große Moralist seinen besten Freund umbringen möchte, dann bitte... Stich zu und zwar fest.
Ins Herz am besten.

DIGHTON

Ich komm sowieso in die Hölle, wenn ich einen Mörder frei laufen lasse.

FORREST lässt das Schwert los, steht auf.

–

FORREST
Ich bin kein Mörder, Frederick!

DIGHTON *(sie lösen sich)*
Mach dich nicht besser, als du bist. Mein bester Freund ist ein Mörder, mein Gott, es gibt Schlimmeres.

FORREST
Kannst du mir nur fünf Minuten zuhören?
Wir müssen dem Grafen von Richmond helfen!

DIGHTON
Du willst Richmond helfen?

FORREST
Ich wollte dir die ganze Zeit schon etwas sagen! Ich hab die Kinder nicht umgebracht, im Gegenteil. Sie sind hier, verkleidet als Mönche, genauso wie Lady Anne. Ich bin also kein Mörder, ich habe für sie mein Leben riskiert. *(will ab, stoppt)*
Leb wohl, wir sehen uns in der Schlacht… und noch etwas wollt ich dir sagen, nämlich dass… dass… ich bin nur ein halber Mensch ohne dich! Frederick, ich brauch dich!

DIGHTON
Jetzt werd nicht sentimental.

FORREST
Warum?

DIGHTON
Weil ich sonst auch weinen muss. William!

FORREST
Frederick! *(Umarmung)*

DIGHTON
Ich muss dir was gestehen.

FORREST
Was denn?

DIGHTON
Es bleibt aber unter uns!

FORREST
Was ist passiert?

DIGHTON *(Umarmung)*
Ich hab tatsächlich meine Hämorrhoiden wiederbekommen – es tut so wahnsinnig weh.

FORREST
Ich hab's gewusst!

DIGHTON *(das Schwert wegsteckend)*
Und wo sind Lady Anne und die Kinder jetzt?

FORREST

Pass auf! Wir haben ein Codewort ausgemacht: Kuckuck! Kuckuck! Kuckuck! Ruf auch, Frederick! Die müssen irgendwo hier sein.

DIGHTON

Kuckuck, Kuckuck!

–

Beide laufen ab. RICHARD tritt auf.

–

RICHARD

Wo ist dieser verdammte Vogel, der andauernd Kuckuck ruft!? Morgen ist die vielleicht wichtigste Schlacht in der Geschichte Englands und der verdammte Kuckuck lässt mich nicht schlafen.

–

Die drei falschen Mönche treten auf.

–

RICHARD

Meine Mönche! Da seid ihr ja.

–

RICHARD geht auf die Mönche zu. Sie drehen sich um und wollen flüchten.

–

RICHARD

Ich möchte beichten!

–

FORREST und DIGHTON treten auf.

–

FORREST

Wenn ich es dir doch sage... sie müssen hier irgendwo sein. Hier sind sie ja. Lady Anne und die Kinder...

DIGHTON

Und der König!

FORREST

Scheiße!

–

DIGHTON versteckt sich.

–

RICHARD

Forrest, bring mir diese Mönche ins Zelt!

–

RICHARD ab. Die falschen Mönche nehmen die Kapuzen ab.

–

FORREST

Seid ihr denn wahnsinnig? Ihr könnt doch nicht direkt vor sein Zelt! Wenn euch der sieht, dann... Moment – genau das ist es!

DIGHTON
Was denn?
FORREST
Richard muss die Kinder sehen!
DIGHTON
Nein, du kannst doch nicht die Kinder...
FORREST
Wenn die drei ihm erscheinen, dann glaubt er, dass das die Geister der Toten sind. Die Geister derer, die er getötet hat. Das schwächt ihn garantiert für die morgige Schlacht!
–
Auftritt RICHARD.
–
RICHARD
Wo bleiben die Mönche?
FORREST
Da drüben, Majestät!
RICHARD
Geister! Seid ihr Geister?
FORREST
Na, was hab ich gesagt?
RICHARD
Trugbilder! Tot seid ihr!
Seid ihr nicht tot? Gemordet auf meinen Befehl...
FORREST
Majestät, wie ist Euch? Mit wem sprecht Ihr?
RICHARD *(zu FORREST)*
Schwindelig, Forrest, schwindelig...
FORREST *(stützt RICHARD)*
Kommt Majestät, ich stütze Euch!
RICHARD
Siehst du die Mönche hier?
FORREST*(schaut in die Luft)*
Wo?
RICHARD
Dann sind es Geister. Die Geister derer, die ich morden ließ!
Oh feig' Gewissen, wie du mich bedrängst.
Das Licht brennt blau. Ist's jetzt nicht Mitternacht?
Mein schauerndes Gerippe bedeckt mit kaltem Schweiß...
FORREST
Mein König, Ihr solltet schlafen gehen, wenn Euch jetzt alle Geister erscheinen, von allen, die Ihr morden habt lassen... das dauert sehr lange.

DIGHTON taucht neben RICHARD auf, dieser erschrickt.

–

RICHARD

Bist etwa Dighton du, der Geist des dicken Idioten?

FORREST

Ja genau, das ist der fette Trottel Geist!
Ja, wir beschwören dich, Geist Frederick, erzähle ihm, wer ist aller durch seine Hand gestorben?

DIGHTON *(mit Geisterstimme)*

König Heinrich VI., dessen Sohn, Edward, der Prinz von Wales, dann George, der Herzog von Clarence, König Edward IV., Clifford, Lord Rivers, Lord Grey, Lord Vaughan, Lord Buckingham, Eure Frau und Eure Neffen.

FORREST

Majestät, geht schlafen! *(Will mit RICHARD ins Zelt.)* Wenn Euch die jetzt alle erscheinen, müssen wir die Schlacht morgen absagen.

RICHARD

Was fürchte ich? Mich selbst. Sonst ist hier niemand.
Richard liebt Richard, das heißt, ich bin ich...
Das andre sind nur Geister.
Ist hier ein Mörder? Nein! Doch! Ich bin hier!
So flieh!! Wie? Vor mir selbst!?! Mit gutem Grund!
Ich möchte mich rächen! Wie? Mich selbst an mir selbst!?

DIGHTON

Jetzt kippt er.

FORREST

Ja, jetzt dreht er völlig durch.

RICHARD

Ich liebe ja mich selbst! Wofür? Für Gutes,
Das je ich selbst hätt' an mir selbst getan.
Oh! Leider, nein, ich hass' mich leider selbst,
Hässlicher Taten halb', begangen durch mich selbst!
Selbst ich hass' mich! Ich bin ein Schurke!

FORREST

Und was für einer! Majestät, legt Euch hin, bevor noch mehr Geister kommen.

RICHARD

Ich muss verzweifeln, niemand liebt mich.
Mitleid hat niemand, kein Erbarmen, wenn ich sterb'. *(fällt hin)*
Lasst mich, tote Seele, die ihr wiederkamt, euch
An mir zu rächen! Verschwindet!
Ich gebe es doch zu. Jede abscheuliche Tat gebe ich zu.

FORREST *(zu RICHARD)*

Majestät, Ihr geht jetzt schlafen. Die Sonne geht bald auf. Gleich beginnt die Schlacht. Hoffentlich träumt Ihr nicht von der Hölle, in die Ihr sicher kommen werdet.

RICHARD

Ich bin noch gar nicht müde!

–

FORREST geht ab und schleift den jammernden RICHARD mit sich.

–

DIGHTON *(geht auf die falschen MÖNCHE zu)*

Kinder, so eine Freude!

–

DIGHTON umarmt die Kinder.

–

DER JUNGE PRINZ und PRINZ EDWARD

Onkel Frederick, Honigkuchen!! Wir sind Geister! *(jubeln)*

FORREST *(aus dem Zelt)*

Ruhe! Leise jetzt!

–

ROSALINDE tritt auf und versteckt sich.

–

LADY ANNE

Pssst! Ruhe!

FORREST

Ruhe!

DIGHTON

RUHE!

ROSALINDE

Ruhe!

–

Die Jungen Prinzen hören sofort auf zu jubeln.

–

FORREST

Mein Gott, warum hab ich sie nicht abgestochen?

ROSALINDE

Hat alles geklappt?

–

DIGHTON hat die jungen Prinzen im Klammergriff, küsst beide.

–

FORREST

Majestät, Euer Schiff steht bereit.
Ihr könnt jederzeit nach Frankreich!

LADY ANNE

Habt Dank, Master Forrest. Ihr seid ein Held. Danke.

–

Sie umarmt FORREST.
ROSALINDE zeigt sich.

–

ROSALINDE

Finger weg! Das reicht.

FORREST

Das ist ja nur die Königin. Da kann gar nichts passieren.

LADY ANNE

Rosalinde, Ihr seid eine Heilige unter den Huren!

PRINZ EDWARD

Werde ich jetzt König?

ROSALINDE

Nein!! Schluss jetzt!
Was, wenn Richard morgen siegt, dann seid Ihr wieder in Gefahr.

PRINZ EDWARD

Und was, wenn Onkel Richmond siegt!?!

ROSALINDE

Dann seid Ihr auch in Gefahr, weil der dann auch König werden will.

FORREST

Hört auf die Tante! Begebt euch weg von hier, mein Prinz. Nehmt einen neuen Namen an und segelt bis ans Ende der Welt.

PRINZ EDWARD

Was für einen Namen?

FORREST

Keine Ahnung. Irgendeinen Namen. Nennt euch... Christoph...
Kolumbus! Nennt Euch Christoph Kolumbus, kauft Euch ein Schiff.
Und dass man nie wieder etwas von Euch hört – alles klar!!!?

PRINZ EDWARD

Ja, Onkel William.

FORREST *(zu Prinzen und LADY ANNE)*

Die Schlacht beginnt. Ihr müsst weg! Lauft, lauft!
(zu RICHARD) Majestät, aufwachen! Die Schlacht beginnt.
(zu LADY ANNE) Lebt wohl!

–

Richard tritt auf, sieht Soldaten.

–

RICHARD

Jetzt schon? Sind das unsere?

FORREST
Ich weiß es nicht!
Euer Pferd, Euer Pferd ist da drüben!
RICHARD
Ich hab kaum geschlafen, Forrest!
FORREST
Das macht nichts, Gott ist mit Euch, Majestät!
RICHARD
Wo?

–

FORREST und RICHARD ab.

[2. SZENE]

Man hört Soldaten kämpfen, ächzen, sterben. Die Schlacht ist in vollem Gange. DIGHTON tritt auf, er kämpft mit einem SOLDATEN RICHARDS. FORREST tritt auf, er kämpft auch mit einem SOLDATEN RICHARDS.

–

FORREST
Frederick!
DIGHTON
William, komm her!

–

Im Kampf zusammen kommend.

–

FORREST
Meiner ist ein zäher Hund!
DIGHTON
Meiner auch!

–

SOLDATEN RICHARDS strecken sich gegenseitig nieder.

–

SOLDATEN RICHARDS
Scheiße...
FORREST
Idioten!
DIGHTON
Wie geht es Richard?

FORREST

Schlecht, sehr schlecht. Er ist verunsichert und geschwächt. *(total verunsichert)*... Stell dir vor, er ist heute in der Schlacht schon dreimal vom Pferd gefallen!

–

RICHARD tritt auf.

–

RICHARD

Ein Pferd, ein Pferd, mein Königreich für ein Pferd!

–

DIGHTON versteckt sich und geht ab.
RICHARD sieht FORREST.

–

FORREST

Majestät? Hier ist kein Pferd.

RICHARD

Du bist mein Pferd.

FORREST

Bitte?

RICHARD

Ja, wir müssen Richmond töten!
Mach schon. Auf alle Viere...

FORREST

Oida, geh, schleich' di'!

–

FORREST geht auf den Boden. RICHARD steigt auf seinem Rücken.

–

RICHARD

Da lang. Los! Wir wollen endlich Richmond töten.
Lauf, Forrest, lauf! Richmond!

–

DIGHTON holt GRAF VON RICHMOND.

–

DIGHTON

Da ist er, der Richard!

GRAF VON RICHMOND

Da bist du! Richard!

RICHARD

Ha! Richmond!

FORREST

Angriff? Oder was?

RICHARD

Attacke! Umdrehen. Runter!

–

RICHARD „reitet“ auf RICHMOND zu. RICHMOND und RICHARD kämpfen. DIGHTON und FORREST fiebern beim Kampf mit. RICHARD fällt von FORREST, kämpft weiter mit RICHMOND. RICHARD verliert das Schwert.

–

RICHARD

Mein Schwert, Forrest, mein Schwert!

–

FORREST nimmt DIGHTONS Schwert.

–

FORREST

Er ist mein König, ich muss... Majestät... hier! Vorsicht!

–

RICHARD stürzt auf FORREST zu, läuft FORREST ins Schwert.

–

FORREST

Hoppala! Mein Fehler. Es tut mir... *(drückt Schwert weiter in RICHARD hinein)* wahnsinnig... *(zieht es etwas raus und drückt es wieder rein)* leid, Majestät... ich möchte mich entschuldigen! *(Zieht das Schwert raus.)*

RICHARD

Forrest!

FORREST

Majestät...

–

RICHARD stirbt.

–

GRAF VON RICHMOND

Preist Gott und Eure Waffen!

–

GRAF VON RICHMOND fordert von FORREST das Schwert.

–

GRAF VON RICHMOND

Freunde, Sieger!

–

Alle Soldaten kommen zurück und jubeln!

–

GRAF VON RICHMOND

Das Feld ist unser und der Bluthund tot!
Schafft diesen fort!

DIGHTON holt die Krone. Alle singen.

–

ALLE

God save our gracious King,
Long live our noble King,
God save the King!
Send him victorious,
Happy and glorious,
Long to reign over us,
God save the King!

GRAF VON RICHMOND *(krönt sich selbst)*

Ruft Gnade aus für die entflohene Mannschaft, so sie nun
Unterwürfig zu uns wiederkehrt.

FORREST

Ui, den verstehe ich überhaupt nicht!

GRAF VON RICHMOND *(zu FORREST)*

Du da, wie heißt du?

FORREST

Was?

DIGHTON

Wie du heißt!

FORREST

William Forrest!

GRAF VON RICHMOND

Forrest, kommt her! Und auch du, Dighton!
Kommt näher. *(Beide knien sich hin.)*
Folgendes: Das muss unter uns bleiben.

FORREST

Ich versteh ihn nicht!

GRAF VON RICHMOND

Dass du Richard getötet hast. Offiziell war das ich, alles klar?

FORREST

Was?

DIGHTON

Er hat Richard getötet!

FORREST

Genau! Ich hab's gesehen. Das war super!

GRAF VON RICHMOND

Gut. Zum Dank werde ich euch in den Adelsstand erheben.

DIGHTON

Was werden wir denn?

Auftritt ROSAMUNDE und ROSALINDE.

–

GRAF VON RICHMOND
Ich mache euch zu Herzögen.
FORREST
Was?
DIGHTON
Wir werden Herzöge!
FORREST
Ich auch? Eine Frage noch: Ist Herzog in der göttlichen Hierarchie über einer Hure?
GRAF VON RICHMOND
Selbstverständlich – auch wenn man es vielen nicht anmerkt!
FORREST
Ich versteh ihn nicht! Ist ja egal!

–

GRAF VON RICHMOND nimmt sein Schwert, um sie zu adeln.

–

GRAF VON RICHMOND
Ich beginne nun das Zeremoniell.
Von nun an sollst du bekannt sein unter dem Namen...
FORREST
William.
GRAF VON RICHMOND
William, Herzog von Pembrook.
Und du sollst bekannt sein unter dem Namen...
DIGHTON
Frederick.
GRAF VON RICHMOND
Frederick, Herzog von Essex!
DIGHTON
Na geh, das ist das Hurenviertel!
GRAF VON RICHMOND
Meine Lords, erhebt Euch!
ROSAMUNDE
Frederick!
ROSALINDE
William!
GRAF VON RICHMOND
Jetzt bin ich also wirklich König. Ich hab ein wenig Angst davor.

DIGHTON

Nun, da müsst Ihr keine Angst haben, Mylord. Ein König soll nicht gefürchtet sein, sondern geliebt, weil er immer an das Wohl des Volkes denkt.

GRAF VON RICHMOND

Ah, der ist gut, von wem ist der?

DIGHTON

Von einem Philosophen aus den Niederlanden.

FORREST

Jawohl, Orgasmus von Amsterdam.

DIGHTON

Erasmus von Rotterdam.

FORREST

Genau. Das ist sein Bruder.

GRAF VON RICHMOND

À propos Städteraten – auf nach London!
Lasst uns meine Krönung feiern!

–

Alle ab außer FORREST, DIGHTON, ROSALINDE und ROSAMUNDE.

–

FORREST

Ja, lang lebe unser neuer König!

DIGHTON

Mylord!

FORREST

Mylord! Mylady!

DIGHTON

Mylady!

FORREST (*zu ROSALINDE*)

Sollen wir nach London reisen
Und gefüllte Schwäne speisen?
Oder kosten wir den süßen Cider
Und kaufen denen frische Kleider?

DIGHTON

Müssen wir eigentlich so blöd reden?

FORREST

Ja sicher! Scheiß dir nix, wir sind jetzt Herzöge!!

ROSALINDE
Verehrter Lord, verehrte Lady,
Erlaubt dem Gatten schnell und mir,
Ins Zelt zu flieh'n und ihr bleibt hier.
FORREST
Warum nicht hier? Wir sind doch vier!
ROSALINDE
Wonach der Sinn ihm steht, wächst nicht auf einem Baume.
Denn was er will, ist meine saftig süße Pflaume! *(Kuss)*
DIGHTON
Wir wollen beten!
Das Morden ist zu Ende und Friedenszeiten kamen.
Dass sie hier lange bleiben, darum bitt' ich. Amen!

–

Dighton und Rosamunde umarmen sich innig.
Forrest und Rosalinde küssen sich.

ENDE